La colonia felice utopia lirica

Carlo Dossi

ISBN : 9791041845910

La colonia felice utopia lirica

Carlo Dossi

PRELUDIO

La condanna

Stàvano i deportati - una quarantina - uòmini e donne, sulla nuova spiaggia tra le cataste di roba e le pacìfiche forme degli agnelli e de' buòi; stàvano, chi in piedi in una èbete immobilità, chi a terra accosciato, le palme alla faccia; tutti affranti da un viaggio lunghìssimo col non sequente ànimo e dal dubbio della lor meta, dubbio peggiore della più amara certezza, e dalla brama cupa, senza speranza, della vendetta. Il caldo tramonto parèa si scolorasse nel pallor dei lor visi, o dai delitti di passione affilati, o fatti ottusi da que' di abitùdine. Nè i cìnici motti di alcuno, nè i lazzi èran sollievo alla morale afa. Dall'ira non si figlia la gioja. Nascèano e spegnèvansi insieme, scintille senza pastura. E quelli stessi, dalle cui labbra era scoccato il motto, se le mordèvano, quasi a punirle di avere finto un pensiero, e quelli che avèano osato il lazzo, cercàvano dissimulàrselo. E giràvano, interrogante, lo sguardo, ora alla ignota terra, seguèndone il dorso montuoso, findove, digradàndosi e incelestendo, sfumava nell'orizzonte, ora alla cerchia delle impassìbili guardie, imbracciate lo schioppo, le cui bajonette, lampeggianti nel sole, rispondèvano loro con un silenzio di augurio tristìssimo. S'udiva intanto il risucchio del fiotto contro la lunga costiera, e in lor suonava gemendo. Parèa meno uno sbarco che un naufragio.

A un tratto, gli sguardi, chiamàndosi vicendevolmente, affollàronsi verso la rada ad una nave in ormeggio, per dilungàrsene, poi, con una scialuppa dalla sventolante bandiera, che a loro veniva, tuffando e rituffando le pinne de' suòi dòdici remi. In quella, era il loro destino.

E, infrenellando i marinAi le grondanti pale, s'insinuò la scialuppa tra le molte altre amarrate, e blandamente approdò. Due officiali ne ascèsero: il primo, giòvane d'anni e di grado, offrì la mano al secondo dal molto oro al berretto e dal molto argento al crine.

I deportati rimanèvano immoti. La loro ànima, tutta, affluiva nelle pupille.

I due officiali incedèttero gravi. A un segno del luogotenente, le guardie strìnsero il cerchio e nel cerchio i prigioni.

Il capitano, allora, volgendo su di essi un'occhiata benignamente severa, si tolse di seno un plico dal largo suggello, che ruppe, dicendo: d'òrdine della Maestà Sua. -

E spiegò il foglio, e chiarissimamente lesse:

«Uòmini sventurati!

«Tutti voi - ben sapete - siete rei di delitti, che le ferree leggi, dai vostri padri sancite e per essi e per voi, e accolte dalla maggioranza presente, vèndicano colla scure. Ma Noi, come fummo, ossequenti alle leggi, per segnare una irrevocàbil condanna, pensando alla malfida ragione del penale diritto per la insolùbile lite fra il vizio e la virtù e per la dubbiosa morale identità, e pensando, che - dato anche il vizio e riconosciùtolo in voi - ne era, piuttosto che voi, colpèvole o la vostra miseria (come Noi forse eravamo di questa) o l'incontrollàbil passione; e, più ancora, pensando che - data la pena - quella di morte, sarebbe stata o troppa o poca - troppa perchè spegneva col male il malato, poca, perchè con essa vi avreste, scellerati di tanto, aquistato a lievìssimo patto l'oblìo; - nè volendo macchiare con una sola goccia di sangue, per quanto infame, un giorno del regno Nostro, ringuainammo, inorriditi, l'addentellata spada della sempre-iniqua Giustizia, e preferimmo valerci di quella Ingiustizia pietosa, che ha nome Clemenza.

«E così Noi vi perdonammo la scure, mutàndola in un eterno esilio, in mezzo alle solitùdini dell'Ocèano.

«Nè quì cessava la Nostra Clemenza, nè poteva cessare, poichè, per essa, Noi volevamo, non prolungarvi la morte, ma il vìvere. E però l'ìsola in cui vi abbiamo costretti, fu scelta in una tèpida, pingue, indisputàbile plaga. E insieme, vi si provvide di quanto bastasse a cibarvi le forze, finchè la non mai sorda Natura risponda alle vostre assidue preghiere e provveda lei, e vi fùron concesse, contro la fame, il cielo e le belve, armi a difesa di quella vita, che Noi ci rifiutammo di tôrvi. Risparmiata v'è dunque la prima ferocìssima guerra, nella quale perpetuamente sono le belve - la guerra con la Natura. Stà a voi di risparmiarvi l'altra, più orrìbile ancora, quella con i sìmili vostri. Sorga invece la terza, che è la sola benèfica - la guerra con voi medèsimi - e sìane Pace suggello.

«Ma, quì, la Nostra Clemenza ha un fine. Non uscirete dall'ìsola mai. Per voi, le sue dense foreste crèscono inùtili al mare. Era già responsale lo Stato della punizione vostra: lo è oggi, del Suo perdono il Sovrano. Avendo voi mortalmente offesa la Legge, offendendo ora la Grazia, fareste, Noi, offensori di essa. La Patria non ha più nulla a sperare da voi, nè voi dalla Patria.

«Ed ora, èccovi completamente lìberi! lungi da quella Società, che odiavate e vi odiava; lungi dai luoghi, che vi rammentàvan soltanto vergogne, consigliando vendette. Voi dicevate le leggi create contro di voi; e quì le leggi non sono. Mostravate di non potere, senza misfatti, vìver tra i buoni: èccovi tra i soli malvagi. Accusavate la necessità dell'errore; quì ne dovrete accusare la volontà.

«Noi ritiriamo la Nostra mano da voi, e, abbandonàndovi alla implacàbil Coscienza, vi condanniamo a ridiventare uòmini onesti.»

Il capitano taque. Una tranquilla emozione si diffondeva nella indulgente sua faccia. E una làgrima cadde sull'autògrafo regio.

I deportati tacèvano pure. Forse, ad alcuno di loro, il fine temuto, or che fuggiva, diventava un desìo. Ma i più, inabituati a capire, non capìvano nulla.

Il capitano, rifatto severo, piegò il largo foglio, che pose sovra una cassa, dicendo: è per tutti - poi, con la mano, accennò.

E, al cenno, le guardie rùppero il cerchio d'intorno ai prigioni, e, facendo schiera di sè, mòssero dietro ai due officiali, che ritornàvano ai palischermi. E tutti si rimbarcàrono e distaccaronsi dalla riva.

PARTE PRIMA

… Ex feròcibus unìversis sìnguli
metu suo, obedientes fuere.
TITUS LIVIUS

CAPITOLO I.

La belva è scatenata

Finchè le scialuppe non giùnsero al bastimento, finchè il bastimento non le raccolse e confuse nella sua mole, stèttero i relegati, silenziosi ed immoti,

4

accompagnàndole con gli occhi intensi di sguardo.

Quantunque, corrotti il palato dal pimento dei vizi, male potèssero assaporare la tenuità di un affetto gentile; quantunque la Patria fosse lor stata avversa, e il suo nome non sovvenisse che òpere bieche, che odii, che umiliazioni, tanto più acute quanto più meritate, tuttavìa, la maggior parte di essi non poteva sottrarsi a un languore di melancòlica insoddisfazione, a una amaritùdine indefinita, vedèndosela allontanare. Ora, in quella nave, in que' palischermi, non iscorgèvan più il mezzo che li avèa tratti alla pena, ma i figli di quelle selve, che avèano forse addensato su di essi e i loro delitti una fedele ombra; nè più scorgèvano nelle vacue catene che rivarcàvano il mare a nuovi polsi, i servi incorruttìbili dell'altrùi volontà, i freni alla pigiata lor rabbia, ma i mùscoli delle patrie montagne, che già li donàvano di armi alla esistenza, alla difesa, all'offesa; nè più, in quelli uòmini stessi, che avèano dimenticato di èssere loro fratelli per fàrsene giùdici ed aguzzini, scorgèvano i fabbri delle armille ingegnose di cui portàvano ancora le lividure, o i pensatori, Falàridi per filantropìa, di quelle càrceri mute di cui serbàvano in fronte le tetre allucinazioni, sibbene, la semovente parte di gleba, che ricopriva le ossa di genitori comuni, narrando loro le glorie e le onte di un'ùnica storia; della sentenza perfino che li dannava a irremeàbile bando, non rammentàvano, ora, che il carìssimo idioma. E, inoltre, si sentìvano il piede malfermo su di un terreno, al quale non li legava connubio nessuno di are e di tombe, in mezzo di una natura di cui ignoràvan la lingua, dove il sole medèsimo parèa splendesse in modo strano; sentìvansi da quelle leggi improtetti, che, pur ingiuriando, usavano sempre invocare, tra gente cui non potèvano finger bontà o pretènderne, obbligati a ricominciare la vita, essi della già corsa astiosi. E l'agonia del giorno nutriva la lor cocente rancura. Tacèvano e impallidìvano.

Quand'ecco, si udì lo stampo di un piede, e una tìnnula voce di donna echeggiò: vili! - Una giòvane snella, dal profilo tagliente e dalla chioma nerìssima, svolazzante, s'era piantata spavalda su di una cassa, e lampeggiando fùlmini neri da' suòi occhi aquilini, squillava: vili! uòmini inutilmente maschi!... volete a marito noi donne?

- Brava! - rispose una voce secca al pari di nàcchere. E veniva da un magro e lungo di uno, dal ghigno nudo di peli e giallastro, e dagli occhi - due fili di luce - che apparìvano e scomparìvano a tratti, quasi tementi di èssere scorti, benchè riparati dall'ombra di una berretta a visiera e dalle palpèbre socchiuse. Il quale, facèndosi innanzi: gente! che si stà quì a dire il rosario?... Date ascolto alla Nera. Su!... viviamo per vendicarci!... La forma del cappello c'è ancora: nulla dunque è perduto. Han bel fuggire i nemici, han bel gittarsi migliaja di leghe alle spalle, i codardi!... Il mare è di tutti. Là ci sono foreste...

- Evviva il Letterato! - fu il grido.

- E quì braccia! - urlò un uomo, alto-squassando un pugno massiccio, di quelli, che, se tòccano irati, ammàzzano; un uomo, il quale, a pie' della cassa che sosteneva la Nera, nel sobbracciare a questa, insieme alle gonne, i garretti, e volgendo un rùvido viso all'insù, barbuto e cigliuto in castagno, cercava con gli azzurri suòi sguardi gli ebanini di lei. E allor la druda, ratto sbassàndosi, e serràndogli, in un entusiasmo selvaggio, con ambo le mani, il capo dal mozzo crine, v'impresse un bacio schioccante, dicendo: Gualdo assassino!

- Evviva il Beccajo! - si applaudì nuovamente.

L'incanto era rotto. Da ogni parte, grida che volèvano èsser parole, parole che volèvano èssere idèe: idèe e parole, che accumulàtesi da mesi e mesi in quelli angusti cervelli, irrompèvano ora alle labbra, vi si stipàvano per sprigionarsi, pugnando a chi primo, e a vicenda impedèndosi. E parlàvano tutti a una volta. Parèa che il tempo stesse lor per fallire. Èrano laidità; èrano orrende bestemmie.

E intanto si sconficcàvan le casse della carne salata e del pane, e due, ondeggiando, barellàvano in mezzo un botticello pesante, sul quale era scritto: branda. Un lùrido vecchio, plumbeo di faccia e incalottato di nero, con la barba biancastra e le fosse degli occhi che sembràvan castoni vuoti di gemma, lo fiancheggiava additando, e cavernoso facèa: largo! chè il Dio si avanza... Si avanza il Tocca-e-sana, il Cacciaffanni, il Sole che non tramonta mai!... Largo all'aqua che toglie ogni macchia, all'aqua di vita!

- Scoppiò un altro grido: viva il Raccagna! -

E lì - a sganasciare e a cioncare.

Abbuja.

Due ore dopo, leggero il barile, greve la pancia. Dal cibo, la bestialità avèa riavuto il consueto dominio. Una colonna di fuoco, accesa in un monte di stipa e di assi dalla stessa sentenza del filosòfico prìncipe, slanciàvasi altìssima, lingueggiante e scoppiettante, e illuminava di un chiarore rossastro ampio tratto di mare. Fuggirono spaventati i giovenchi, fuggirono gli agnelli. Ombre ballonzolanti le si vedèvano in giro; una ridda, un tumulto di fèmmine e maschi, nelle cui vene avvampava il furiale liquore, confusi in amplessi ribaldi, urlando, strillando.

Di onesto, uno solo - un mastino.

Ma, tutto intorno - quale tàcita accusa - pendèa la calma sublime della Natura. Le stelle si ammiccàvan l'un l'altra amorosamente nel più profondo turchino e la luna pioveva la sua luce di perla sul lungo-sospirante tranquillìssimo mare. E nel mare, la nave - mole negra e silente.

CAPITOLO II.

Volpe e Leone

Gualdo il Beccajo svegliossi. L'acuta brezza ferìvagli la somma pelle; l'ànimo, la sorpresa. Chè, assuefatto a svegliarsi in un ambiente bujo, più bujo ancora del sonno, a trovarsi, dopo le imaginate lusinghe di una libertà senza fine, misurata la vista e il respiro, il piede tra i ceppi, e tra i ceppi anche l'ànimo, Gualdo sen stette, un istante, dubbioso ancor di sognare, temendo che il dolce sogno vanisse e alimentàndolo con la volontà. Ma la memoria gli cominciò a rifluire: risovvenne il bagordo, lo sbarco, il viaggio; risovvenne sè stesso: e lentamente, quasi a elùder lo squillo della catena, si levò su di un braccio guardàndosi attorno.

Il cielo si rischiarava. Le prime pennellate del giorno si distendèano per l'orizzonte, arancine e porpuree. Nell'immòbile mare, non più bastimento; solo, da lungi, il biancheggiar di una vela. Il Beccajo si guardò a lato. Èragli a lato la Nera, accovacciata in una rozza schiavina, anelante, con le traccia, sul viso, della voluttà che ha raggiunto lo spàsimo, ma voluttà stanca, non sazia. Quà e là, altri gruppi di gente affondata nel sonno e domata da quel bacco plebèo, che, eccitando il volere ad eccessi, avèali insieme, col tôrre il potere, impediti; in lontananza poi, sei o sette, già svegli, già in piedi - i più sobri e forse i più scellerati.

Ed è verso costoro che Gualdo il Beccajo, crollàndosi l'ùmida notte di dosso e sbadigliando e tergèndosi, con le due mani, il sopore dagli occhi, venne con passo avvolto e col cervello impaniato. E li trovò complottanti, intorno ad un fascio di carabine e a de' barili di pòlvere.

- Buon dì, apòstoli - disse con voce roca il Beccajo, stendendo loro una palma negra e pesante che nessuno toccò - Ah, li avete stanati i crocifissi, vojaltri!... Gran segugi, voi, di fiutare la morte!... Bravi!... Date quà - e si sbassò per raccorre uno schioppo.

- Indietro! - gracchiò Antonio il Cipolla un mozzicone di uomo, opponèndosi a Gualdo in una postura smargiassa.

- Come!... indietro? - Gualdo tuonò, le vene frontali gonfiate - Indietro a me? Cane! - e fe' l'atto di agguantarlo alla strozza.

Aronne il Letterato allibì. Saettando al Cipolla un'occhiata, che comandava pazienza: pace - disse - Beccajo!... La tua parte è tua. Non c'è nessuno che ti

7

voglia far torto. Aspetta soltanto che la divisione...

- E tu aspetti? - interruppe Gualdo insultante; e, di colpo, aggrappato un fucile, gridò: ciò che piglio, è mio! -

Se un'altra sguerciata di Aronne non tratteneva i compagni, di Gualdo più non restava che un nome.

- Pace, Beccajo! - ripetè il Letterato - Pace, vojaltri! Roba ce n'è per tutti. Poniàmola prima al sicuro... Tempo di litigare non manca mai. -

E lì, intercessa una tregua, fu, innanzi tutto, deciso di mèttere insieme una specie di capannone. Detto fatto, èccoli all'opra. Si ripèscan dal sonno i più al fondo, e da ogni parte vedi occhi abbagliati, bocche oscitanti, andature allacciate. Si squarcia il vergine suolo; colà, piantoni, ramoruti e frondosi, rovìnano sotto la scure, e quà si riàlzano nudi; ecco, in brev'ora, un gran tetto, e sotto al tetto, accatastata ogni roba. E, intanto, si ripigliàvano i fuggiti buòi dal tintinnante sonaglio e gli agnelli dal lamentoso belìo, sparsi per la campagna, o meglio, tornàvano essi spontaneamente al lor laccio; chè abitùdine lunga fà dello stesso servire un bisogno.

Naque, allora, un bisbiglio, che propagàndosi divenne grido: la divisione, la divisione! - E la divisione incominciò e compissi con meno litigi di quanti ne preannunziava. Dal mangiaticcio all'infuori, che si trovò di serbare in comune, il rimanente, armi, àbiti, attrezzi, tutto fu scompartito. Le idèe di mio e di tuo, confuse assài in que' capi, rispetto alla roba degli altri, facèvansi, rispetto alla propria, di una maravigliosa chiarezza. E la concordia parèa ristabilirsi.

Quand'ecco, Giorgio il Rampina, un grassoccio dalla cute rosea e splendente, dalla testa calva e dagli occhi libidinosi, dire con una mòrbida voce: non è ancor tutto diviso... - e accarezzarsi coll'ìndice e il pòllice il mento.

Ma Tecla la Nera, piantàndogli in faccia due sguardi, che èrano stilettate, e accennando a sè stessa, esclamò: noi non siam roba! -

Rispose con acrèdine Aronne: tu sarài, o sfrontata, quanto vorremo noi... o piuttosto... io.

- Tu?... perchè tu?

- Perchè sono uomo io, e tu donna; perchè io comando e tu devi obedire.

- Comandi? - entrò a chièdere Gualdo sardonicamente - comandi a chi?

- A lei... a tè... - fe' il Letterato, sbilurciando ai compagni; e con audacia: a tutti.

- E chi lo dice? - tornò a dimandare il Beccajo, strascicando la voce.

Saltàrono in piedi otto o dieci ribaldi, battendo i calci delle lor carabine, e gridando: noi!

- E allora... all'inferno voi... lui... tutti! - eruppe il Beccajo - Tu il capo? tu?... Soppiattone!

- Io sono il più forte...

- Pah! - sclamò Gualdo con uno scoppio di risa - il più forte!... Vedi là! - e snudò, distendèndolo, un braccio in cui guizzàvano mùscoli, che gli avrèbber concesso di fare alle pugna col michelangiolesco Mosè.

Ma il Letterato sorrise beffardamente:

- La forza dell'uomo è questa - disse, e toccossi la fronte.

- Sei un aristòcrata! - fece il Beccajo, sputando a terra con sprezzo.

- E tu un mascalzone! - ribattè l'altro - E, se vuòi, te lo scrivo... Scrivi tu, se lo puòi.

- Carta sporca non val la pulita - sentenziò arrogante il Beccajo.

- Vale - rimbeccò il Letterato - quando è sporca di un mille. Chè io non ho mai fatto la birba per meno. Non come tè, stolto. Tu che scannavi un cristiano per guadagnarti un grappino... Poh!

- Ma almanco scannavo. Il sangue lava lo schifo dal furto. Tu non avesti mai tanto cuore...

- Cuore?... Gran che per averne!... Ma un uomo io lo stimo quanto insaccoccia. L'ànima umana stà nella borsa. Vuota la borsa, addìo ànima!...

- Non dottorare! - avvertì, minaccioso, il Beccajo.

- Ed io - continuò a gonfie vele Aronne, fastoso di sua goffìssima astuzia, ch'ei reputava sapienza - tal quale mi vedi, la ho accoccata ai meglio avveduti. Gli è fra le quattro pareti, non sulle strade postali, che sfavilla l'ingegno. Io non ho mai stesa la mano che in guanti...

- Ma paurosamente, l'hai stesa - Gualdo ritorse - come avessi creduto di fare del male!... Mendicante ladro, che non avevi coraggio di mètter la firma alle tue lìvide azioni e lavoravi alla muta e tremavi nell'ombra! Di tè non si seppe che quando fosti in bujosa. Mè, invece, conoscèvano tutti. Il mio nome stava, tant'alto, in ogni crocicchio, sotto quello del Rè. Chi lo leggeva, imbiancava...

- Bravo, ma e intanto? Intanto che il figliuol di mia madre era onorato, ringraziato, baciato da quelli stessi ch'egli tingèa, tu fuggivi chi ti fuggìa, arso di rabbia e di fame...

- Ma spargendo il terrore - interruppe il Beccajo - Io stancài la sbirraglia. I zaffi perdèvano volontieri le traccie mie. Dietro a me si sguinzagliò un reggimento; non, come a tè, fu informaggiata una tràppola. Nè, come tè, mi arresi a un pezzo di carta. Non mi arresi a nessuno, io: mi si pigliò, grondante del mosto mio e del loro. Dillo tu, Nera, se mento! Ed io non ho cantato compagni, come tè. Non mi si avrebbe potuto strappare un sol nome colle tanaglie!... Nè ho fatto gli occhietti umidicci ai giurati, nè ho chiesto perdono... Tutti li ho stramaledetti, io, tutti!... Vedi là! - e Gualdo atteggiossi superbamente, e lo sguardo di lui esigeva l'applàuso. Umanità vanitosa, che, non potendo della virtù, ti glorii del vizio!

Senonchè, Aronne, ghignando:

- Vera ricetta, la tua, per raddoppiarsi la pena!

- Che tu temevi, e non io! - ripicchiò inviperito il Beccajo. - Al boja, con tè, non era d'uopo la raspa!... E voi - (ciò, alla sospesa ciurmaglia) - obedireste a quel vile?... Chiodra! Non vi fidate! Io lo conosco da lunga mano. Non vi fidate di quel suo obliquo pezzuolo inzuccherato di adulazione... V'imbroglierà tutti quanti. Io no. Io vi potrèi anche freddare, ma intrappolarvi, giuraddìo! mai. -

E Gualdo taque, attendendo; ma, come non venne risposta: tutti degni di lui! - disse - Non vi temo. Il leone non teme la volpe. Chi stà colla volpe?... Chi stà col leone?...

- Col leone! - gridò entusiasta la Nera, e gli gittò al collo le braccia.

- Col leone! - ripetè Mario il Nebbioso, e gli strinse la mano. Era Mario un giòvane diciassettenne, pàllido, dai negri, lunghi e ondati capelli e dal profilo puríssimo, ma aggrondato le ciglia, schernitore le labbra.

- Ed io! ed io! - acclamàrono quattro o cinque altri fra i più scapigliati, e due o tre donne meno scarse di sangue, attruppàndoseglisi intorno.

Anche il mastino passò dalla sua.

Ma la più parte continuava a tenere dal Letterato. La maggioranza stà colla paura, e siccome il diritto segue la maggioranza, il diritto, stavolta, dovèa dirsi di Aronne.

- Avanti! - sbraitava la Nera, per niente atterrita, alto-brandendo un'accetta - Quà, baldracche, coraggiose sui letti!... Avanti, tu, Smorta! annegatrice del bimbo per vendicarti dell'uomo... Mè pure hanno tradita, ed uccisi, ma avessi avuto dal traditore un figliuolo, vivrebbe ancora col padre. Avanti, Maga! biascia-castagne e schiaccia-limoni, che santocciavi su e giù per le chiese a canzonare il Signore e a spogliar la Madonna degli ori... quelli ori che io, invece, le ho appesi dal collo di una rivale strozzata... Avanti, tu, Arciduchessa! maestra d'aborti, che furavi alla vita chi non era ancor nato... Anch'io ne ho gelati, e parecchi, ma èrano uòmini e forti. Avanti, tu, Serva! che vendevi i tuòi baci per denaro e per schiaffi... Io pure ne prodigài, ma, ai baci i baci, e agli schiaffi le pugnalate. Con tutte voi, è fin troppo una pantòfola smessa. Avanti, zambracche!

- Avanti! - urlò Gualdo, afferrando il suo vuoto fucile e volteggiàndolo in aria come un randello - A cui puzza la vita, avanti! -

CAPITOLO III.

La guerra

Ma il Letterato, con l'esangue paura nel volto e le labbra convulse: alto! - disse - non rivolgiamo contro noi quelle armi, che dèvon servire per noi. Ciascuno a suo senno. Chi non vuol stare con mè, chi non mi vuole per capo... peggio per lui! si pigli ciò che gli tocca, e... vada. Ampia è la terra. -

Non mormorìi, non applàusi. Ma Aronne avèa dato una voce al sentimento comune, sempre in cerca di forma, e però tutti tacitamente, approvando a sè stessi, approvàvano a lui. Il tenue suo sagrificio di amore proprio, che gli era, del resto, pagato in tanto favore, salvava il loro; nè la prudenza avrebbe saputo far meglio di quanto, ora, facèa la vigliaccherìa. Tutto al bene fluisce: dove non può la virtù, giova il vizio.

E, allora, ebbe luogo la spartizione seconda del greggie e della vettovaglia, e l'ebbe in un silenzio di umiliazione, non essèndoci alcuno tanto birbante da disconòscere il torto, benchè nessuno ci fosse così galantuomo da confessarlo.

E poi, il Beccajo e la fazione di lui - sette uòmini in tutto e trè donne - con le lor robe e il bestiame, tràssero ad accamparsi fra le prime avvisaglie della montagna; nè molto stette, che fùrono visti a gialleggiare sull'azzurro del cielo nuovi tetti di creta, mentre, dall'una parte e dall'altra, si consumàvan le nozze colla vèrgine terra e le si affidava il seme del pane.

Ma quella pace era infida come un sorriso di donna. In quella pace si agglomerava la guerra. Forse, que' ferocìssimi non l'avrèbber potuta sopportare altrimenti. Chè, se il lor piede si tratteneva, puranche, sovra i terreni che mano mano lor guadagnava il lavoro, scorrèa l'àvido sguardo e ristava in que' de' nemici. Marra e bipenne non èrano che armi dissimulate. E, intorno alle case, vedèvansi fossi e rifossi non aperti alle aque, e nelle pareti, fori non aperti ai colombi. E, ogniqualvolta il fuoco assonnato si ridestava a lambire la pacìfica pèntola, nuovo piombo arrotondàvasi in palle - palle devote a cuori, non di lepre o di lupo.

***

In questa calma da temporale, si trascinàrono cinque mesi. Già si attendeva la messe dai campi, e Gualdo attendèvala anche dal grembo di Tecla, ma d'ambe le parti, più che la messe, era atteso un pretesto allo sfogo degli odii - quel tale pretesto, che foggia la stoffa del torto nel taglio della ragione.

Or pensate se ad una voglia sì fissa ne poteva mancare! Un dì, Cecilia la Fulva e Clementina l'Allegra, della banda di Gualdo, cui era commesso di pascolare la mandra, tornàrono, quasi fuggenti, prima dell'ora, alle case, narrando come una capra, passata nelle colture degli inimici e sopragiunta da questi, fosse stata lor tolta...

Fu, sull'istante, spedita una ambascerìa.

Ma l'inviato non tardò a riapparire, dicendo che gli si era sghignazzato sul muso e risposto: se la vi preme, venite a pigliarla. -

Gualdo traballò d'ira. L'ira gli si pingèa morella nel volto e gli strangolava la voce. E la Nera, fiammeggiante negli occhi e additando ingiuriosa alle case di Aronne, gridò: noi verremo! -

***

Notte. Il cielo è una sola nube. Non un sospiro d'àura, non un grido d'augello. Eppure tale profonda immobilità par sempre in sul punto di dar la scappata e cangiarsi in un vorticosìssimo moto, pare che selve, monti, cielo - viepiù incombenti, viepiù soffocanti - dèbbano a un tratto inabissare con noi nel vacuo infinito. È il terrìbil sublime, è l'orror pànico. Nulla più spaventoso di una sìmile notte, fuorchè una coscienza colpevole. Senza vento, il mare è grosso, è inquieto, è nero come l'inchiostro. Nel lamentoso suo ruotolarsi alla spiaggia, senti come echeggiare fioca la voce delle mirìadi delle sue vìttime.

Zitto, dinanzi alle case di Gualdo, su di un mammoso rialto, stà un gruppo di gente appoggiata ai fucili. È alle case di Aronne che guarda. E laggiù, ecco un lume apparire e sparire - una - due - trè volte.

Tutto va bene. Dice quel lume, che Nicola il Dragone riuscì nell'impresa. Novello Zopiro, il Dragone, sfregiàtosi il volto, ha disertato ai nemici, ed ora, sulle porte di quelli, immersi nella fiducia e nel sonno, veglia a tradirli.

E i còmplici suòi discèndon dal tùmolo, poi, sparpagliati, procèdono per la pianura, col fucile in bilancia, tendendo il passo pien di sospetto e lo sguardo,

12

ghiotto di strage, alla volta del lume. E, come nubi sàture di bufera, èccoli riaddensarsi sotto il nemico steccato.

Un filo di luce guizzò... Orrore!... Il Dragone avèa tenuto parola; il Dragone era ben là ad attènderli, ma lìvido e lungo, ma appeso ad un ramo, che si piegava all'insòlito frutto.

E, tosto... un barbaglio e un fragore. Due della banda di Gualdo, barcòllano, e, rantolando, stramàzzano.

Il colpo è fallito: bisogna fuggire.

E fùggono, abbandonando i caduti, fùggono verso le loro trincèe, già imaginando nel trèpido orecchio il pestìo degli inseguenti, già sentèndone l'ombra sul dorso gelato.

Ma, purtroppo! i nemici non sono loro alle spalle. A un tratto, dalle case di Gualdo, colpi di schioppo, strilli di donna, e l'uggiolìo di un cane. Una colonna di fumo vi si alza, e in mezzo al fumo, una fiara. I nemici son là: l'incendio è con essi. Nereggia l'ossatura dei tetti su 'n vìvido rosso; indi, uno schianto. Le pòlveri sono scoppiate. Impòrpora il cielo, solcato da incandescenti carboni; è un istante; poi, tutto riabbuja.

E, oh quante riabbùjano insieme, fatiche e speranze!

CAPITOLO IV.

Alba di pace

Era il Beccajo rimasto come folgoreggiato: era caduto il fucile di lui, e, cadendo, esplodeva. Gli altri, Làzaro il Guercio e Sergio il Ranza, avèano ululato due esecrazioni in tuon di spavento, e lo stesso Nebbioso si asciugava col dorso della mano il gèlido orrore che trasudàvagli in fronte.

Ed ecco, due femminili forme venire correndo verso di loro, svolazzanti le gonne, seguìte da un grosso cane al galoppo. Era Tecla, la prima.

- Gualdo - ella fece con voce affollata e ansante, mentre smaniosa agitava una pistola - per oggi, siam vinti. Stanno i nemici dov'èrano le case nostre. Tutto distrutto... L'Allegra, scannata... Fuggiamo!... salviàmoci alla vittoria -

L'altra, che tenèvale dietro a non breve distanza, raggiungèndola in quella, parve inciampare, e cadde sbattendo i denti.

13

- Cecilia ha paura! - disse la Nera con sdegno.

- E tu?... che hai tu?... - chiese Gualdo accennando alla destra di lei, rigata di rosso.

- Nulla! - rispose - un bacio di piombo.

E lei stessa aprì arditamente la marcia. Fu raccolta di terra la tramortita, fu scagliata ai nemici un'ùltima imprecazione; poi, tutti inselvàrono - duce il Nebbioso, cui non avèa taciuto la selva segreto alcuno.

***

Ed è negli amplessi delle inviolate foreste - muta rampogna all'uomo del suo perduto rigoglio e della perduta innocenza - e tra il fragore dei dirocciànti spumanti torrenti, e gli echi delle sinuose opache convalli e gli aerei picchi dove l'àquila stride e i precipizi vertiginosi e le audaci rupi pendenti in eterna minaccia, che Gualdo e la banda di lui tràssero e la vita e il rancore per due lunghìssimi mesi, sempre accoccato il grilletto e il cuore in allarme. Era, abitazione loro, una tufosa caverna; era, lor nutrimento, la selvaggina, abbondantìssima e fàcile. Chè le belve, in quell'ìsola, non conoscèvano ancora qual'altra belva l'uom fosse: la lepre, scampando il lupo, salvàvasi al cacciatore; gli uccelli pigliàvano le mortìfere canne, spianate contro di loro, per de' ballatòi.

Un dì, Gualdo era uscito alla caccia. Era solo. Quel dì, il paesaggio parèa addobbato a festa; non fronda che non gorgheggiasse, non foglia che non rifrangesse come scaglia di specchio, il suo dardo di sole. Ma invano su Gualdo fluiva a torrenti la gioconda luce; invano la tìmida àura aliàvagli in volto i suoi baci piumosi. L'ànimo del malvagio è impervio all'alfabeto di Dio: l'ànimo del Beccajo era fitto, stipato, di maledizioni tali da scolorirne, avesse egli avuto il genio della espressione, le bibliche e le shakspeariane.

E, cammina e cammina, sempre in discesa per dirotti scaglioni, venne a trovarsi il Beccajo, fra luoghi che non gli riuscìvano nuovi, dove gli abeti serbàvano ancora le ferite della bipenne e il terreno le vestigia del piede. Poco dipòi, diventava la selva meno frequente di travi e cessava: cessava a un tondeggiante rialto, sul quale, quasi funereo lenzuolo, era stesa una gran traccia di nero, sparsa di calcinacci fuliginosi e di scheggie carbonizzate.

Il Beccajo die' un gèmito cupo, e si addentò il pugno, insultando all'inarrivàbile Dio. Tutto avèa egli perduto; i nemici nulla. Se ne scorgèvano, laggiù nella piana, le odiate case, ancora salde, ancora impunite... Ma e che!... peggio loro che lui! Ei non avèa da pèrder più nulla: essi, tutto. E respirando l'eccidio e bestemmiando orridezze, il Beccajo si rimboscò.

14

E già la notte e il silenzio si riadagiàvano nella fossa terrestre. Pura brillava la luna, e il paesaggio, co' suòi biancheggiamenti e le ombrìe, rendèa aspetto di un viso smortìssimo dai lìvidi calamài. Dinanzi all'antro, presso una quercia che per sè sola era un bosco, sedèano i tre compagni di Gualdo, alimentando la fame di un queto fuoco. Sibilò un fischio; un altro fischio rispose; e Gualdo si aggiunse ai compagni.

Appariva, intanto, alle fauci della caverna la ritondella e fulva Cecilia, sulla quale tremoleggiante si rifletteva la fiamma. E Cecilia, fatto segno al Beccajo di venire a lei, zitta, lo precedeva al didentro, susurràndogli: guarda... -

Colà giacèa la Nera. Benchè illuminata da un resinoso chiarore, parèa che sulla faccia di lei fosse appena nevato. Non più, ne' suòi tratti, quella fera inquietezza, quella rapina di brame, di stìmoli e affanni, che nè il sonno domava; sibbene, una calma perfetta, la calma della soddisfazione. E, vicinìssimo a lei, anzi in lei, fra il seno pomoso, alitante, e il flùido braccio, posava un nuovo pìccolo èssere, tutto una polpa, con le cicciose manine ai labbruzzi, bagnati di latte.

Gualdo riste' sussultando. Lo invase un rimescolìo, che di senso si fe' sentimento, un sentimento a lui sconosciuto, che parèa rispetto e parèa timore e parèa rimorso. Nè osava pur di fiatare. Più non sentiva che il bàttere forte delle sue arterie.

Lentamente il sopore si elevava da Tecla come un mollìssimo velo. Tecla alzò le palpèbre, riposò piani gli occhi su Gualdo e gli arrise. Lo sguardo di lei sarèbbesi detto indrizzato. Vi si leggèa un'infinita letizia, un orgoglio male dissimulato, ma quell'orgoglio che non ti offende, perocchè, in parte, è tuo. E poi lo sguardo volgèa al bambino, e lo tornava, esuberante di affetto, su Gualdo, mentre un fièvole suono, aleggiando dalla bocca di lei, dicèa: è nostro.

- Nostro! - ripetè involontariamente Gualdo, e un'ansia di gioja lo strinse. Egli, il violatore delle leggi degli uòmini, non poteva a quelle sottrarsi della universale Natura. Dio, il semplicìssimo fra tutte le cose, entràvagli in cuore per vie inattese; quanto trent'anni di Forza non avèan potuto, facèa in un àttimo Amore. E Gualdo si lasciò cadere, o piuttosto, trovossi a ginocchi presso della giacente, e lievissimamente toccò con le sue le pàllide labbra di lei, dove il bacio di Tecla era già corso ad attènderlo...

Fu il primo bacio tra le ànime loro.

CAPITOLO V.

Uomo e uomo

E in un commosso silenzio, la mano di lei nella sua, ei rimaneva accanto alla Nera. I suòi occhi, lùcidi più che mai, volgèvansi, ora alla mamma, ora alla bimba, sulla quale indugiando, sembrava che ne assorbìssero la innocenza e si facèssero, nella gentilezza di lei, viepiù carezzèvoli e miti, quasi tementi incresparle, pur con un rùvido sguardo, il piano specchio del sonno. Ma la fragilità della bimba risovveniva la dura vita che la attendeva, ma la inermezza sua, la folla delle nemiche armi, e Gualdo era stretto da un'inesprimìbile angoscia. Gualdo, la prima volta in sua vita, si sentiva codardo e non arrossiva, e ricordava il futuro e bramava una casa... E l'èstasi sua, a poco a poco mutàndosi in sonno, e i suòi pensieri fondèndosi in sogni, ecco innalzàrsegli nella fantasìa, la casa tanto desiderata - una casetta gentile, di cui, glìcini e rose le pareti, rondinelle e colombi l'aggrondatura dei tetti, credèvano fatte per loro. Intorno intorno, un giardino, allegra tavolozza di fiori, dove ogni cespuglio parèa una pispigliante nidiata, dove l'auretta, una carezza profumata di viole. Gualdo vi lavorava cantando: Tecla sedèa alla porta del casolare, e la bimba, appesa al suo collo, suggèa da lei latte e amore. Ma, repente, il cielo sereno ingrigia di nubi. Tutto ammutisce. Ingròssano i fiori in arbusti, poi in piante e piantoni, spargenti ombra e paura e giganteschi assurgenti a nùvoli bui, che minàcciano in giù... E, un rombo. Sono i nemici, i nemici che accòrrono. Fosforescenti cadavèriche faccie appàjono e spàjon fra i tronchi: canne di schioppo spùntano lucidìssime in mezzo alle macchie. Gualdo, come una belva cacciata, fugge, stringèndosi al seno la bimba... Cresce il trepicchio, il corricorri degli inseguenti... I nemici gli tengono dietro, gli vèngono incontro. Gualdo è spossato. Riunisce ogni spirto in un violentìssimo sforzo, e... si desta.

E udì il risuono di un gèmito. Freddo madore gli pullulava sul fronte. Si guardò attorno. Bruciava silenziosamente la teda, ripercotendo sulle fuliginose pareti il suo visìbile eco. Guardò la Nera e la bimba. Dormìvano placidamente. Tecla parèa languire in una mitìssima voluttà. Nel volto le stava effuso il contento; e le labbra di lei, quelle labbra rinfocolatrici di astii e aizzatrici a vendette, mormoràvano: pace -

Gualdo si tirò in pie'. Non più indecisioni. Biancheggiàvano i cieli. Bevette una sorsata di branda, s'insaccocciò qualche pezzo di carne arrostita, prese il fucile, e barattate alcune parole con Mario, che vigilava alla salvezza del fuoco e alla loro, rincamminossi per le orme segnate il dì prima.

Perocchè Gualdo avèa risolto di aquistarsi una casa. Ma casa non vi ha senza pace; ed egli avèa fisso di aquistarsi la pace. Or, come arrivare alla presenza di Aronne? e come, arrivando, riuscire al suo cuore impreparato dalla sventura?...

che offrirgli? che dimandargli?... Gualdo, in certo qual modo, gli avrebbe dovuto chièder perdono. Pensiero tale gli sommoveva il limaccioso fondo dell'ànimo, eccitàndovi a galla un orgoglio luciferino, e allora capiva, che la più ardua parte di quella impresa, non era tanto di vìncere Aronne quanto sè, e sostava in pendìo di ritornare nella miseria e nella disperazione. Senonchè, tosto, la imàgine della sua bimba innocente, la cui sola difesa era la pietà degli altri, s'impadroniva di lui, lo forzava a riguadagnare con doppia foga la titubata via, inorgoglièndolo perfino del suo sacrificio d'orgoglio.

Ed ecco, diradàndosi la pineta, sciorinàrglisi al guardo, da lunge, gli azzurri deserti del mare; da presso, le carbonchiose vestigia delle sue case. E, sulle vestigia, ancor più sinistro di esse, Aronne.

Era colùi, che Gualdo cercava, che intensamente volèa: eppure, diede uno scatto come a cosa inattesa.

Nè il Letterato parve meno sgomento. Tuttavìa, a ripigliarsi, fu il primo. Appuntò ratto il fucile verso il Beccajo e fe' fuoco...

Ma errò.

Egli si vide perduto, lasciò cadere il fucile e si volse, cercando la fuga.

- Ferma! - vociò terribilmente il Beccajo - ferma! o ti raggiunge la morte. -

S'arrestò il Letterato di botto, e gittossi a ginocchi, implorando pietà. Smarrita la lingua, favellava coi gesti.

- Io non venni - Gualdo rispose, che a lui si appressava e mitigava la voce - per voler la tua vita; sibbene la mia. Non temere! - aggiunse, scorgendo che quèi non finiva di stralunare gli occhi e di tòrcer gemendo le sùpplici palme. - Non temere! - iterò con un buffo, tosto represso, di bile, offeso dall'ostinata viltà di colùi. - Guarda! - e depose lo schioppo - Son disarmato. Piglia bene la mira. Pùoi ammazzarmi con tutto tuo còmodo. -

A tali parole, Aronne, che già gli sbirciava, fra la speranza e il sospetto, fuggèvoli occhiate, portò machinalmente la mano ad una delle pistole che gli pendèvano dalla cintura, ma si rattenne. Lento si alzò e stette, in presenza di Gualdo, muto dalla sorpresa.

Il Beccajo continuò:

- Io venni per domandare... pace... perdono. Ben sai; avèo giurato di miètermi il pane sulla tua testa, di averti quì sotto - e battè forte il calcagno. - Tu mi avevi oltraggiato, mortalmente oltraggiato. Se un topo, un mìsero topo, al pie' che lo preme, si rivolta e morde, dovrà, un uomo, lasciarsi impunemente schiacciare?... Ma la Fortuna non mi seguì, ma una orrìbile vita, in cui la pena seminava altra pena, mi apprese, che folle è combàttere contro chi tiene dalla sua... il cielo! - e lì, sbassàndosi Gualdo e riunendo una manata di carboni e di cènere - Ecco le case mie! - sclamò in un tuon di dolore che ottenebràvasi in rabbia; e ai venti le sparse. - Ed ecco le tue! - gemette, e additò la pianura. Ma il dito gli rimase a mezz'aria. Le floridìssime case del giorno prima, che la verzura abbigliava e donde uscìa il fumo in pacìfiche spire, èrano mezzo franate: campi ed ortaglie serbàvano i segni della gràndine umana.

- Or vedi se il cielo combatteva per noi! - subentrò il Letterato con un profondo sospiro. - Vedi se noi risparmiò la contagiosa Sventura! - E, in poche e desolate espressioni, si fe' a raccontare, come uno stizzo delle case inimiche avesse appiccato l'incendio alle sue; come cioè, partendo il bottino di Gualdo fosse, sul luogo medèsimo, sorta una nuova divisione degli ànimi, anello primo a una nuova sequela di guài. - Molti sono i caduti - disse - che non si mòssero più. Jeri la vittoria fu nostra... Gabiòla intoppò nel suo laccio... Pur tu vedi a qual prezzo!... Ah Gualdo! il male dell'uno non sarà mai il bene dell'altro... Gualdo!... la guerra è comune rovina. -

Il Beccajo afferrò ambedùe le mani del Letterato, e gliele serrando con ansia:

- E tu vuòi dunque continuarla?

- Per forza. La sicurezza nostra stà solo nel loro totale sterminio. Troppo son vinti i nemici, per sperare una pace... quindi per domandarla.

- E tu domàndala loro - fe' Gualdo.

Aronne maravigliò. Egli, i cui tòrbidi occhi schivàvano sempre gli altrùi, fisò stavolta in pieno il Beccajo. - Io?... che ho vinto? - ribattè a mezza voce, ma insieme dovette abbassare lo sguardo, punto da un interno rimpròvero.

- Non te l'ho chiesta, io, a tè?... io, il più forte? - insistè Gualdo.

Oppòsegli Aronne:

- Allèati meco.

- Con tè, sì; contro di loro, no. Ti voglio èssere amico, non còmplice. -

Continuava la silente sorpresa di Aronne. Quantunque la persuasione gli permeasse già in cuore, le labbra di lui riluttàvano di confessarla. E, infatti, gli ànimi non generosi stìmano vile piegarsi alla ragione degli altri, senza pensare che la verità è una sola, vèngaci essa da qualsisìa paese, e che chi cede a questa ragione non sua, cede infine a se stesso, di cui si è già fatta. Senonchè, gli sguardi incalzanti di Gualdo non gli lasciàvano tregua, gli penetràvano nella pupilla, invano difesa dalla palpèbra, lo raggiungèvano nella coscienza, difesa invano dal pregiudizio; tanto che Aronne fu astretto a rialzare la testa e a dire:

- Ebbene... sia!... Pace con tutti. -

Gualdo balzò dalla gioja:

- Giuriàmolo - esclamò:

Distese l'altro la mano, incominciando: giuro...

Ma Gualdo gliela rattenne, facendo: aspetta. - Tolse di terra un fumaccio, segnò con esso un crocione su di una pietra, e: giuriàmolo quì - disse, scoprèndosi il capo.

Giuràrono. - Era la prima volta, che Gualdo si ricordasse di un Dio, per non bestemmiarlo; era la prima, che Aronne non l'invocasse per meglio ingannare.

CAPITOLO VI.

Stato e famiglia

E la pace fu, e, in gran parte, si dovette al Beccajo. Caso nuovo! quel Gualdo, cui, nell'offesa, mal soccorreva, per la tardità della idèa e la ingordigia dell'ira, la lingua, sì ch'ei dovèa ben spesso parlar con le mani, sentìvasi ora di una inesaurìbile eloquenza, che avrebbe messo in un sacco il più sfrontato tribunalista, una eloquenza, tanto più insinuante quanto men pretenziosa, tanto più persuasiva quanto più persuasa. Ma è bensì vero che Gualdo s'avèa, all'ingiro, argomenti fortìssimi; avèasi i luoghi, che non si pòngon la màschera come i loro abitanti; e colà, i luoghi, non èrano più che o brughiera o moriccia.

Dunque, s'ebbe la pace. Pur non bastava. Fondamenta e muraglie dimandàvano un tetto. Occorreva che la pace durasse, e che si sentisse che poteva durare. E, d'ogni intorno, si bisbigliava di un capo, si bisbigliava di leggi.

Tutti assieme, dal dì dello sbarco, i deportati non s'èrano più riveduti. Si fissò un giorno. Arrivò, e il convegno ebbe luogo alle case del Letterato. Molti, che già le avèan disfatte, si èran congiunti a rifarle. Èrano quelli forse che picchiàvano, ora, i chiodi più saldi.

Ma, ahimè! in quale stato si rivedèvano essi! Pochi mesi di libertà senza legge, il che viene a dire, di servitù volontaria al vizio e alla miseria, avèano cospirato a lor danno, peggio del lungo regime di una legge senza libertà, il regime del càrcere.

D'ogni parte, visi estenuati dai non sazi bisogni e dalle più abbiette malattìe dell'ànimo, e panni che parèan piuttosto filaccie a mal nascoste ferite. Benchè comune fosse stato il delitto, si evitàvano, a muta, lo sguardo. Non era ancor l'odio al peccato, ma qualche cosa lì presso, il pudore. Nè osàvano pur di contarsi.

Poi, quando Aronne, dopo di averli con una ràpida occhiata sorrasi, disse: èccoci tutti! - quel tutti, passò, abbrividendo, di fibra in fibra, d'ànima in ànima.

E Aronne;

- Sopra il passato, o compagni, è meglio porre una croce. Tanto varrebbe, il parlarne, del farci l'uno dell'altro accusatori, del provocare, nello stesso scolparci di quelle prime maledette discordie, altre... più ancor maledette. -

- Noi giuriamo la pace! - Gualdo esclamò, elevando la mano.

Si udì un mormorìo di assenso e venticinque destre si alzàrono.

- E chi la guastasse, la pace? - dimandò Aronne.

- A morte! - echeggiàrono tutti.

- Ma, e chi potrà dire: or la pace è guastata? - ridomandò Aronne con astuta ignoranza.

- La legge! - rispose il Beccajo, tosto abboccando all'esca del Letterato. - Sia fatta una legge!

- Una legge! - iterò il papagallame.

- Ebbene - fe' Aronne - giacchè la volete una legge, propongo anzitutto, che chi uccide o ferisce sia ucciso. Chi non accetta, si alzi. -

Nessuno si alzò. Nessuno l'ardiva. E il Letterato scrisse su 'n foglio l'unànime voto. Poi;

- E chi ruba?... e chi froda?... e chi strugge?...

- A morte! - interruppe il Beccajo nell'entusiasmo dell'ira.

- Troppo! - osservò Àmos il Lima, un mammamìa color foglia-morta, e (borbottando:) -... chi uccide, sia ucciso; chi ferisce, sia ucciso; chi ruba, sia ucciso... - Dunque non c'è differenza tra il fare un fazzoletto e una vita? -

Ma il Letterato pacatamente:

- Proprio; in faccia alla legge, non c'è. La legge vuol la stessa obbedienza e in solajo e in cantina, e nell'unghia e nel capo. Tòccala in tanto così... - e segnò sulle dita - tòccala in così tanto... - e segnò sulla mano - è tutt'uno per lei. -

E tutti, allora, acclamàrono: a morte!

Donde, si venne a disputare del modo. Ognuno avea il suo a proporre, e tal fu, che, in così bella occasione, ebbe a scoprirsi di un lusso di fantasìa da disgradarne le illustrazioni del Santo Offizio più scelleratamente pie. Le parolette di boja, scure, tenaglie e d'altre sìmili galanterìe, si palleggiàvano senza riposo fra quelli onesti legislatori, i quali, sostituita alla privata vendetta la pùbblica, non più potendo sfogar nei delitti la loro ferocia, cercàvano legittimarla nelle pene. Senonchè, Aronne, meno bimbo di tutti, che, se non altro, non era mai stato gratuitamente malvagio, e che or sorrideva con tàcito naso ai lor disconclusi propòsiti, ci diede fine, osservando, che, se diverse le vie, la meta era poi sempre la stessa, cioè la morte una sola; che però, trattàndosi di elèggere un modo, a suo poco giudizio ei propendeva, per una certa tradizionale venerazione, al clàssico della impiccatura, aggiungendo con un diabolico riso: fareste torto, scartàndolo, a tante belle piantone, che pàjon quì nate e cresciute apposta. - La qual sentenza fu coperta d'applàusi.

- Per cui accettata la... - ei riprese, nell'inforcarsi coll'ìndice e il medio la gola, e sì compiendo ribaldamente la frase - chi invade una donna non sua... -

- A morte! - compì Tecla la Nera, sfavillante negli occhi.

- Donna non sua? - saltò su a dire il Rampina. - Stà quì di casa una tal rarità? -

Abbracciò Tecla il Beccajo e impetuosa baciàndolo: io sono tutta di Gualdo; la nostra bimba lo vuole. -

- E le altre? - chiese il Rampina.

La discussione si annuvolò, e, la passione aumentando, divenne più e più burrascosa. Già le parole si facèvano grida, come le idèe si èrano fatte parole. Dove c'è donna c'è lite. Eran le donne in nùmero minore assài degli uòmini; tuttavìa il progetto di porle in comune fu da esse respinto fierissimamente. Ben si sarèbbero, molte, accontentate di avere tutti; non una poteva soffrire d'èsser di tutti. E fu specialmente respinto da Tecla, che giunse perfino a toccare del malo esempio che ne trarrèbbero i figli, e da Aronne, il qual prevedeva nella incertezza della Famiglia, quella perpetua della Comunità.

- Ora, udite - diss'egli, cogliendo un istante di general mancafiato - udite mè. Siamo in dieci a sottane; quìndici a brache. Ma, per due paja fra esse, non c'è più fòrbice ed ago. Dico di quelli che tèngono figli. I figli vàlgono un matrimonio; anzi, secondo mè, il vero matrimonio sono essi; nè noi possiamo levare la mamma alla creatura, nè la creatura al pappà. Resterebbèro dunque di lìbera caccia, fèmine otto e trèdici maschi, benchè, di questi ùltimi, alcuni non

21

possèggano più, a uso maschio, che il nome... -

- Chi, per esempio! - arrocò, con quella sua voce eternamente in cantina, lo squarquojo Raccagna, il beone.

- Io - ribadì il Letterato - e Gabiola il Lìbera-mè e Saverio l'Annegatore e Siro lo Zangarino e Luiso il Tremila, e tu anche, o Raccagna... Chi ne può troppe contare, ne ha ben poche da fare. -

Ma ecco due allampate figure, cui non mancava se non la granata per èssere streghe, ecco due faccie rugose sulle quali la vita appariva in piena dirotta, solo durando, indomata, la foja, avanzarsi, stringendo rabbiosamente le grinfe, e con due bocche spigionate di denti strillare: e noi? -

Ribattè Aronne: vi accomoderèbbero i vecchi, a voi? - Giuliana la Maga e Ortensia l'Arciduchessa soffiàrono offese.

- Ebbene - egli fece, con quella gioja tutt'astio che è l'irrisione - fate conto, o bambine, che i giovanotti la pènsano giusto così. Quindi - seguitò egli - messi da parte i quattro già in gabbia, e questi due funerali, e noi sei che non abbiamo più sesso, c'è da disporre di uòmini sette, e sei donne. Alle quali donne, io, per evitare le graffiature, propongo d'invocare la Sorte, giocando al lotto il marito. -

Un bàtter giulivo di mani accolse la nuova proposizione. I polizzini coi sette nomi de' condannati furono tosto scritti. E allora, quelle zitelle un poco scucite, ma che, in virtù di un pròssimo matrimonio, assumèvano un'aria di provvisoria verginità, zoccolàrono insieme da un lato, dove, in bel gruppo, illuminate dall'aureo sole, stètter guardando, tra la soja e la sfida, i lor futuri sposini, i quali, dai Nebbioso all'infuori, riunìvansi sull'altro lato, tanto quanto impacciati, tanto quanto ingoffiti, come se già il lor sangue impigrisse di maritale elefantìasi. Nel mezzo poi, da tutti gli altri attorniato e appunto fra le due vecchie che somigliàvano alle due Parche peggiori, Làchesi e Cloto, rimase Aronne. In una mano egli tenèa la sua berretta e mescolàndone entro i polizzini con l'altra, ad alta voce chiamava: Ambra, avanti! -

Ambra l'Avvelenatrice distaccossi dal gruppo. Era una bruna dalle linee severamente egizie. Parèa la Faraònide di Cherubino Cornienti. Movèa le spalle, come se sopra le fiammeggiasse una pòrpora; il capo, come reggesse corona. Il viso di lei non impallidiva, non arrossiva mai; lo sguardo imperioso scendèa nelle ime midolle e gelava.

Era di quelle donne di cui fà l'odio paura, ma l'amore spavento. Un regno... e Ambra avrebbe calpêsti i diademi di tutti i prìncipi della terra e coi diademi le fronti, avrebbe usurpato gli inni di tutti i poeti, eternatori la notte de' suòi capelli e il giorno degli occhi suòi e la insaziàbile brama e la voluttuosa terribilità degli abbracci; nulla... e un piatto di sospetti funghi bastò a impigliarla nella ragnaja di un còdice, e giùdici, fatti arcigni dal pranzo in ritardo, la condannàrono prodigalmente, e le manette le divènner monile, non ottenendo in compenso dalla parziale Celebrità, che il nome e un oltraggio sulle gazzette. - E Ambra, regalmente incedendo, elesse, dalla berretta che presentàvale Aronne, un biglietto, e, come l'ebbe travisto, senza scomporsi, si volse e andò, degnàndosi quasi, a stènder la mano a Sergio il Ranza, un barbuto. Il quale, attiràndosela al seno e baciàndola, aggricciò di terrore.

Si applaudì.

- Avanti l'Èster! - appellò Aronne.

Da tutti gli occhi costretta, con un sorriso intrigato, fatto a onore dei denti, si avanzò una tosoccia rubiconda e polputa; quaglia aspettante il tàlamo della polenta. La sua incresciosa andatura avèale imposto il soprannome di Oca. Non bellezza, belluria. Era tonda e di fuori e di dentro; tonda di fianchi, di sguardo, di ànimo. Quella scarsìssima intellettiva, che, il Cielo o che altro le avèa concesso, stava tutta in vetrina. Non passava il suo sguardo oltre la pelle; non èrano i suòi pallori e rossori, effetto di sentimento, ma di lune sanguigne. Rappresentava la Indifferenza; non già la divina di chi moltìssimo sà, ma di chi niente. Un passo più giù e ci saremmo trovati in pieno ebetismo.

Era insomma di quelle ragazze che non isvègliano che desiderii fatti di carne e di mùscoli; di quelle che con l'eguale commovimento sèntono una dichiarazione d'amore e l'annunzio della zuppa che aspetta.

Èster, nata in una làuta onestà, non si sarebbe, certo, incomodata ad uscirne; avrebbe, come il più delle donne, aumentato la formidàbile turba degli imbecilli e attaccato bottoni saldìssimi: sorta, al contrario, in un ambiente di viziosa miseria, continuò, senza rimorso nè gusto, a far quanto la sozza interceditrice matrigna più non poteva; alimentò il corpo col corpo, mettendo bottega de' suòi baci stopposi e delle lievìssime effervescenze. - E l'Oca, sempre con quel suo vàpido riso e quel molleggio di anche, dondolò fino al berretto di Aronne, dove, fatto un inchino e sortito una scheda, stette con questa in mano e spiegata, senza sapere che fare, senza sapere che dire, tìmida no, ma analfabeta.

- Chi è? - da ogni parte si chiese, e tutti le si affollàrono intorno.

- Mia! - eruppe in trionfo un giovanotto rossigno, travedendo il suo nome. E Rosario il Fanfirla l'abbracciò stretto stretto e baciolla; ed essa, lasciossi baciare e abbracciare. Per quanto stolta una donna, un uomo c'è sempre che la vince in stoltizia - il suo amante.

Ma intanto, l'urna di feltro era scossa di nuovo, e si udia: Cecilia avanti! -

Ed ecco, venire ad Aronne quella grassotta e fulva fanciulla, che già conosciamo. Stette Cecilia, dinanzi la sorte sua, arrossendo e imbiancando; poi, con leggera esitanza, scelse un biglietto, che lentamente aprì, incominciando dubbiosa a compitarci su un nome... Nè molto inoltrossi, che le si effuse la guancia di felice rossore: Mario! - diss'ella.

Senonchè Mario, il qual si tenèa in disparte accavalciato ad un trave, senza voltarsi, senza mòversi pure, rispose: io impicci non voglio. -

Tentò parlare Cecilia... Il pianto anticipò la parola.

Ora - via Mario - la divisione diventava ben piana. Nulladimeno, si volle continuata la lotterìa. E ad Àmos il Lima toccò la pellùcida e rosea Olivetta Cuorbello; a Giorgio il Rampina, Càrmen la Smorta, una bellezza in pien frutto; a Làzaro il Guercio, Battistotta la Serva, ancacciuta e baffuta schiattona; infine, ad Erminio il Tedesco, un colosso dagli occhi e dai capelli sbiaditi, toccò la Cecilia, cui, lombi torosi dovèano dare passata degli affanni di cuore. Nè qualcuno sogghigni a sìmili nozze fabricate sul caso... Che è un matrimonio, in tutti i paesi del mondo, per quanto premeditato, se non un getto di dadi?

- E così - ripigliò Aronne, parlando alle otto coppie di sposi, che si schieràvano dinanzi a lui braccio a braccio - or che le sedie son prese, chi scavalca l'altrùi... -

- Impicca! - sbraitàrono ferocemente i mariti. Ma solo i mariti.

- E a chi il ricordare la legge? e il condannare? e il punire? - insinuò Aronne.

- Un capoccia! un capoccia! - esclamàrono tutti.

Il Letterato fe' un cenno, che invitava al silenzio, e:

- Date ascolto. È meglio non comandare del non venire obediti. Ma non si obedisce alla legge se non per amore di questo - e mostrò il pugno. - Chi ha questo più forte è capoccia... Lo è dunque il Beccaio.

- Viva il Beccajo! - vociò l'ossequente bordaglia. Ma Gualdo:

- No - oppose. - Se il pugno io l'ho forte, dèbole è il capo. Io non potrèi che farmi accoppare. Troppo mi sento ignorante... di una ignoranza a cui non c'è menda. Il mio braccio ha bisogno di testa. Ecco la testa! - e additò il Letterato.

Sul che, la mòbile plebe, che o dà tosto ragione al primo che parla per evitar la fatica di udire il secondo, o al secondo per non scomodarsi a bilanciarlo col primo, acclamò a quello. Insieme al quale si elèssero poi quattro giùdici, che fùrono lo Zangarino, il Tremila, il Raccagna, e il Lìbera-mè, compensati in tal guisa, con un poco di fumo, dell'arrosto mancato, cioè della moglie.

- E adesso - sommò il Letterato, che avèa scritto man mano su un ampio foglio di carta i comuni decreti - venga ciascuno, e quì giuri obedienza a quanto, egli stesso, si ha comandato. Dio danni il fedìfrago al cànape, ai corvi, alla perpetua oscurità! -

E Aronne firmò per il primo; indi passò la penna al Beccajo, che v'inchiostrò uno stentato crocione, poi al Raccagna, che vi lasciò un tremoleggiante sgorbio, e, così via, uòmini e donne, pòsero tutti il loro segno sul foglio... un camposanto di croci.

Più non mancava che Mario. Egli stava - sempre accavalcioni del trave, sempre chiuso in sè stesso - col gòmito sul ginocchio e sulla palma la guancia, come se inconscio di quanto gli succedeva all'intorno. Ma, quando ogni sguardo si fisse in lui, quando ogni bocca il chiamò, donde sedèa scese, e, camminando di un fare sbadato e di una dispettosìssima cera, venne al macigno che serviva da tàvola. E colà prese la penna, che girò fra le dita, alcuni momenti, indeciso;... poi, accipigliàtosi a un tratto, sdegnoso la gittò via, dicendo: è inùtile! non obedirèi. -

E Mario il Nebbioso si esiliò dai compagni, pigliando il cammino dei boschi e della misèrrima libertà delle fiere.

INTERLUDIO

Tra l'oscurità e la luce

Come il malèssere avèa guidato all'unione, addusse l'unione al benèssere. E tanto più di concordia era necessità, che, in sulle prime, nell'assoluta uguaglianza della miseria, fu d'uopo, riafratellando la roba, trarre la vita in una specie di comunismo. Infatti, le vettovaglie, che dovèan bastare a tutta un'annata, non èrano quasi più, parte perdute in un orbìssimo abuso, parte distrutte da quella ferocia stolta, che gode, men del proprio gustare, che dell'altrùi non godere. E, intanto, la spada avèa intercette le messi immature alla falce, e già intorpidiva la terra al brumale letargo. Pressava dunque di provvedere al presente, dai campi del cielo mietendo, e al futuro, da quelli del mare. Reti e saette si altèrnano senza riposo.

E l'anno gira, e il terrìbil domani si cangia in un gratìssimo jeri. E, all'anno, altri cinque si aggiùngono. Da lievi principii, incalcolàbili effetti. Il pròdigo suolo ha gareggiato coi desiderii e li ha vinti. Certo il pane, ecco una fame di più elevati bisogni. Gènerano, gli strumenti, nuovi strumenti; le arti, nuove arti: s'allarga la fattorìa, e piglia nome villaggio.

Infine, il dì giunge in cui l'uomo ridiventa individuo. Ciascuno, con la sua donna, ha la pèntola sua, ha le speranze e i timori suòi proprii: ciascuno in uno stato si trova, che teme, più che non consiglia, l'offesa. All'emulazione nel male una è successa nel bene. E la Comunità, stretta già insieme da mutua paura, a mantenersi incomincia di mutuo amore.

PARTE SECONDA

Et Vènerem sensere lupae, sensere leanee:
OVIDIUS

CAPITOLO I.

FORESTINA BIMBA

Una notte serena. Qual frèmito di voluttà, quale onda d'amore, bàstano, queste sole parole, a svegliare in quelle ànime musicali, che, perfin dalla scienza, non hanno se non nuovi conforti alla poesìa, frèmiti e onde, i quali, in chi naque inaccessìbile al sentimento, non sveglierànnosi mai, nè per virtù di parola, nè di pennello e neppure di realtà!... Molte ne avèa Gualdo vedute; era la prima ch'egli sentisse. Perocchè, ora, lo specchio dell'ànimo suo, snebbiato da ogni malvagio pattume, poteva limpidamente riflèttere le maraviglie della Natura benèvola. Il sogno di Gualdo èrasi fatto corpo. In quella sera, ei centellava il riposo dopo l'onesta fatica, aspirando le pingui àure de' suòi ovili ed il fienoso effluvio delle campagne, seduto alla porta di una capanna sua, in sui ginocchi una bimba che, a lui dormiente, gli si potèa sicura addormentar fra le braccia; una bimba cinquenne, cui il sole avèa dato il colore alle chiome, i gigli e le rose alle guancie, e alla pupilla il cielo.

E Forestina, tendendo lo sguardo all'altìssimo mare, che si fondèa nel firmamento spolverizzato di stelle:

- Babbo - dicèa in tuono accarezzante qual àlito di primavera - di là di quel mare che c'è?

- Altro mare - quèi rispondeva, insoavendo la voce, quasi temente di offèndere il delicato orecchio di lei.

- E poi? - e Forestina gli molceva la barba.

- Mare ancora.

- Sempre mare?

- No - disse Gualdo con un lieve sussulto - havvi una terra... grande...

- Al pari di questa?

- Assài più... molto più...

26

- E sono, anche là, tanti babbi? e tante mammine? e tanti bambini, come quì?

- Oh ben più! - egli fece - E assài migliori di noi - aggiunse con oppressura.

- E li hai tu visti, tu?

- Sì - sospirò egli di un sì, ch'era piuttosto a vedere che a udire.

- E perchè allora, se tanto buoni, tanto più buoni di noi, non sei rimasto con loro? -

Gualdo sentissi a scottare la faccia. Egli, che i cavillosi raggiri e i trabocchetti mille di un giùdice non avrèbbero pure sorraso, trovàvasi, ora, da parte a parte passato dalla sublime ingenuità della bimba. Che è, infatti, la riflessione barbuta a fronte la imberbe spontaneità? e le mirìadi di menzogne dinanzi la verità una? Al guardo solo dell'innocenza, fànnosi l'armi della malvagità, vetro e ghiaccio. E Gualdo non potè che tacere.

Senonchè, Forestina medèsima, per quella volubilità di pensiero tutta propria ai fanciulli, venne in suo ajuto. Il visuccio di lei s'era volto all'infinito seno dei cieli, dove l'illuminazione parèa, quella notte, completa. E Forestina chiedèa:

- Babbo, e lassù, di là dalle stelle, che c'è?

- Altre stelle.

- Sempre stelle? non altro? -

Gualdo, per la seconda volta, ammutì. Cessando l'idèa, cessàvagli la parola. E però a lui dovèa soccòrrere ed ei proferire quel nome, che esprime quanto non si giunge a capire, dissimulando le immensuràbili profondità dell'ignoto; quel sì còmodo nome, ch'è Dio.

- Dio? - ripetè Forestina - quel che tu invochi nell'ira?

- No, no - Gualdo interruppe con ansiosa premura. - Il Dio delle Terre e dei Soli è un altro Dio. Esso è il padre comune degli uòmini, esso è colùi che riempie la pannocchia di grano e la mammella di latte; che fà dalla selce spicciare l'aqua e scintillare il fuoco, che fà dalla gleba spuntare la rosa e dalla rosa il miele... È il Dio, o mia bimba, che ti sorride negli occhi e sul labbro.

- Oh il buon Dio! - sclamò Forestina, battendo palma con palma - E come si fà a ringraziarlo?

- Pregando.

- E come si prega, babbo? -

Ei la baciò sulla risarella boccuccia, e disse: - amando. -

E, allora, la bimba gli chiuse il mento selvoso fra le gentili manine, e lo affollò di baci e carezze; poi, sazia, gli si addormentò nelle braccia.

Gualdo rimase sveglio co' suòi pensieri. Eclissata la luce degli occhi di Forestina, l'ànimo gli riabbujò di mestizia. Alle speranze, che fanno una metà della vita, or succedeva l'altra metà, le memorie; e Gualdo, ahimè! temeva le proprie. Vedendo quell'angioletto dal latteo àlito e dalle succose carnine, che, benchè ignaro del male, gustava il bene, egli fu astretto a rammentare la pace, tolta da lui a tante famiglie - meritatìssima pace - e a impallidir per la sua, che non meritava. Il pensiero di lui scese nei labirinti della coscienza, luoghi irti d'insidie. Gualdo, il quale ora poteva concèdersi il lusso dei rimorsi, incominciava con la debolezza di un convalescente a sentire la gravità del morbo scampato. Oh avess'egli, se non i fatti, almeno potuto annientarne il ricordo! E l'ànimo affaticato sudò dagli occhi dolore.

In questa, una mano gli toccava la spalla; la nota mano di Tecla. Si volse. Specchiàronsi le loro pupille l'una nell'altra in uno stesso pensiero.

- O Tecla! - egli gemette in accento di disperato sconforto - oh fosse dato ricominciare la vita! -

Ma colèi, d'una voce ch'era soave rampogna:

- Non ricomincia, o mio Gualdo? -

E, sì chiedendo, additava la bimba.

CAPITOLO II.

Forestina ragazza

Di Forestina l'ottava messe. Come le treccie di lei biondeggiàvano i campi; come gli occhi lampeggiàvano le falci dei mietitori. E i mietitori cantàvano. Era un inno alla Terra, alla madre comune, che, negli arcani connubii col padre Sole, avèa ridato agli uòmini generosamente il confidàtole seme:

«O Madre, o Madre, dalle tue profonde vìscere, alziamo lamentoso il canto. Tu, spento sole, con feconda morte, ànima e forma a noi sùsciti e cibi. E noi, tuòi vermi, la cui storia è tutta risveglio all'ire, e alle vendette sprone, non fatte oneste dagli onesti nomi; noi, solo uniti ad impedir, che il sangue soci̇al si effonda, come vuol Natura, imparzialmente per sue giuste membra; dell'ossa tue, schermo agli aerei oltraggi, delle tue aque, vie all'industre unione, facciam, (ne è guida cupidigia pazza) fallaci mete a più fallaci campi, seme o pretesto di perpetua lite: onde, votato a morte alterna il ferro, che tu donavi alle pacìfich'opre, e supplicate a un muto Dio le mani, mani grondanti di fraterna strage, di tè bramosi procombiamo in tè. Pur, tu, benigna d'inesàusto amore, tu, patria a tutti e eguagliatrice fine, nel tuo ci solvi non mai stanco grembo, cessi i dolori, le vergogne oblìi, e noi ritorni eternamente a vita, e a nuova forza - per i danni tuòi.»

Ma, ahimè! che vale nulla parte perita se il tutto non è più quello? che importa la memoria in altrùi agli obliati di sè? E, a pensier tale, in amarìssima goccia si spegneva lo sguardo, che, molti, di sè medèsimi ingannatori, giràvano in cerca d'irrivedìbili aspetti, e, insieme allo sguardo, il canto. Perocchè, a messe ben altra era stata campagna il trascorso verno. Pòvera Nera! su lei biancheggiava un rosajo.

Ma, mentre il sole e il lavoro fervèa, mentre Gualdo, mietendo, sospirava ai mietuti, Forestina la Bionda, si dilungava da' suòi compagni di anni e, oh felici! di giuoco, e s'internava nella solinga boscaglia, un fior dopo l'altro, come la speme. Lampo, il fidìssimo cane, seguìvala. Andava, nè se ne accorgeva. La riflessiva ragione non era per anco venuta a tagliarle l'ombelicale cordone, che allaccia il neonato alla natura universa. Forestina ancor non avèa aquistato la propria individualità: l'ànima sua intrecciàvasi a quella degli augellini che aliàvano a nembi, la gola zeppa di gioja, per il denso fogliame, e dei rivoletti, che gorgogliando lucicàvano in giù. Sana, ella sentìa la sanità circostante: tutto era gaudio per lei, perchè godeva al didentro.

E così, pie' innanzi piede, arrendèndosi sempre ai nuovìssimi inviti, che d'ogni parte le èrano fatti, ammazzolando ciclàmini a margherite, e fioralisi a giunchiglie, si avvolse e riavvolse nei verdi meandri della foresta, finchè venne a trovarsi in una insenatura di monte, sulla quale, una roccia pendente, parèa, perchè vestita di fiori, offrisse un albergo più che non minacciasse un perìcolo. E, là ristando la via, là riste' la ragazza, che sull'erboso siedette a inghirlandare il filosòfico muso di Lampo, e che, cinguettando confidenziuccie a degli invisìbili èsseri, e cinguettando sogni, finì a reclinare, accarezzata dal sonno, la flava testina sul dorso paziente del cane, ella ed esso, tutto sparsi di fiori.

Quando svegliossi, la terra, giràndosi a oriente, già tralasciàvasi il sole. Ogni cosa cessava di posseder la sua ombra. E, di colpo, la fanciullina si sentì sola, e strìnsela il gelo dello svampato entusiasmo. Le vie, che, prima, le si schiudèvano fàcili, ora parèa le si serràssero incontro: d'ogni parte, voràgini di oscurità: tutto intorno un silenzio, che si facea più e più sospettoso. Forestina temette il timore. Gridò; sol le rispose la imàgine del clamor suo. E, trafelata, si lasciò cadere sul cane, abbracciàndolo stretto, e piangendo dirottamente.

Ma Lampo tese le orecchie, e sordamente ululò. Si udiva un frascheggio e un pedìo.

- Lampo! - chiamò una voce imperiosa.

La coda fronzuta del cane si mosse amichevolmente; pur Lampo, non abbandonò la padrona. La quale, lagrimando e fiottando: babbino mio! - facèa.

- Quà la mano! - disse la voce.

Alzò Forestina gli occhi ebbri di pianto e, nel freddo chiarore che piovèvan le stelle, un giòvane raffigurò, dall'àgil persona, dalla pàllida faccia, accigliata qual di sparviero, e dalla chioma ebanina prolissa; quel giòvane stesso, che, a volte, appariva tra loro a mutar selvaggina con pane, e cui niuno facèa buon viso e ne facèa a nessuno ed era detto il Nebbioso.

- Quà la mano! - il giòvane replicò, di una voce che il lungo disuso avèa, per così dire arrugginita.

Forestina la porse timidamente. Senonchè, pòrgergliela e sentirsi tornata la sicurezza, fu un punto solo. Il piede le si riaffermò; le si asciugàrono, senza bisogno di mànica, i luciconi; parve perfino le si stenebrasse la via. E giù, attraverso la selva, gli ostàcoli oltrepassando, che le spesse ombre lor fantasiàvano innanzi; giù, saltando e borri e riali, or per le frane e ora pel sdrucciolìo de' prati o l'intrico degli sterpeti; egli o recàndosi in collo la ragazzina o tenèndola a mano; ella, contàndogli intanto tutto sè stessa e tempestandolo di domande.......

Di cui, fra le molte:

- E tu sei quello, che si chiama il Nebbioso?

Egli rispose di sì.

- E tu sei quello, che stà sempre solo? -

Egli taque, assentendo.

- Ma, e non temi star solo? -

Il Nebbioso violentò quasi la lingua, e:

- Temo di stare con gli uòmini! - disse.

Forestina il fisò con un guardo di maraviglia, che sprofondando nella di lui consapèvole ànima diventò di rimpròvero, e: oh vieni con noi! - esclamò - ti vorrem tutti bene. Io te ne voglio già, io. -

E camminàvano sempre. La notte, che aprìvasi a stenti dinanzi a loro, si accumulava sulle lor spalle. - Forestina! - echeggiò a un tratto per gli ampi silenzi. Ella die' un grido acuto di gioja. E, al grido, rispòsero altri e poi altri, mentre, lontano, già errava un bagliore rossastro e si mostràvano faci, che illuminàvano i visi di Aronne, di Erminio, di Gualdo...

La ragazzina lasciò la mano di Mario, e corse dal babbo. Chi avrebbe potuto mascherar di corruccio il contento? Il babbo sciolse i rimpròveri in baci; in baci, la figliuola, le scuse.

Ma, dietro a lei, veniva il Nebbioso.

Gualdo lo vide; trasalì. E sollevò la sua face sino al volto di lui, miràndolo ansioso; di lui, che arrossì del sospetto, e si pose la destra sul cuore.

- Ei m'ha trovato! - ridèa intanto e piangeva la ragazzina,

indicando il Nebbioso, e aguzzando ver' questi le labbra.

Senonchè Mario, che già si chinava a libarle, si fermò d'improvviso, con un: no - ch'era vôlto piuttosto a sè stesso che a lei.

- Vieni da noi! - dicèa Gualdo.

- Vieni! - pregava la fanciullina traèndolo per il vestito.

- Vieni! - ripetèvano tutti.

E venti mani si offrìvano all'una, che Mario inconsciamente avèa steso. Il melancònico occhio di lui sfavillò. Irresoluto un istante; pur, facendo uno sforzo:

- A rivederci! - disse, e...

Lo schioccare dei baci di Forestina il seguì.

Partiva - ma, a rivederci avèa detto. Era la prima volta ch'ei promettesse tanto; era la prima, ch'egli si allontanasse a malincuore dagli uòmini.

CAPITOLO III.

Forestina fanciulla

E, la pròssima aurora, il Nebbioso ripigliava il cammino che movèa al villaggio. Fu detto già, ei vi scendeva di quando in quando, dalla fame espugnato; pur, questa volta, non era bisogno di pane; era un altro bisogno, non meno forse imperioso, quello di un viso non suo. Chè lui serrava una voglia, una smania rasentante lo spàsimo, di rigustare la riconoscenza, ch'èrasi pinta nella faccia di Gualdo, e i baci, che sulle labbra di Forestina èrano

31

inutilmente sbocciati. Oh inesplicàbile piega dell'ànimo umano! ama, più spesso, il benefattore il beneficato, che non questi, quello; gratitùdine anzi, a nostra stessa insaputa, non va libera d'odio.

Ma, come il Nebbioso vide le prime case, allora soltanto si accorse di ciò che stava per fare, e, perplesso, sostò. Le sue superbie, i giuramenti, i puntigli, gli ritornàvano in folla. Tanto più, che gli occhi di lui aveano in quella incontrato una fonte, e nella fonte, essi, che non vi cercàvano mai se non aqua, avèan trovato uno specchio. Mario vi si mirò, e inorridì. Istintivamente, portò la mano alle chiome e al vestito: poi, si trattenne, al pensiero di un interno peggiore. E non fu che al pensiero! Se le fattezze dell'alma si potèssero, anch'elle, specchiare, non ci sarèbber più specchi.

Ed ecco, da lungi, apparir Forestina. Reggèa due grossi pani sul capo, e cantava, giojosa, di gioja. E camminava nel sole, ma il sole parèa che più prendesse da lei, che non le desse, splendore.

Mario si sentì abbagliato. Vergognò di sè stesso, come, della nudità sua, il colpèvole Adamo, e chiese rifugio ad una siepe vicina.

Di dove, battèndogli forte il cuore, vide passare lei e allontanarsi e sparire. E gli sembrò, insieme, farsi pàllido il sole.

Ma, innanzi che tramontasse quel sole, Mario, fra lo stupore di tutti e l'applàuso, giurava obedienza alla legge, e rompèa un dei pani che avèan posato sul capo di quella biondìssima.

***

Così spuntava un nuovo giorno per lui, il giorno di guadagnarsi la esistenza dal suolo, e da Forestina la vita. Mario non andava a cercare quale sorta di affetto unisse alla ragazza lui, non l'osava. Amore, sì certo; ma in che non scòrgesi amore?... Eppòi, troppo divisi dagli anni! troppo dalla coscienza!... Pur tuttavìa, quand'egli sedèa presso di lei, ch'era un solo sorriso, tacendo, chè nulla avèa ad insegnare a quella gentile, cui il Cielo era stato il maestro, e suggendo dall'aerino suo sguardo, e dalla lìmpida voce e dalla nivea semplicità della frase, il bene, dimenticato un istante di sè, sentìa ripullularsi in cuore, reminiscenze confuse, i disusati veri - l'oro si divideva dal piombo - e Mario ritornava fanciullo. Poi, sempre, si dipartiva da lei in un subbuglio di sangue, in un entusiasmo di proclamare la verità, di stènder la destra e di allargare le braccia, di perdonare, anzi, di chièder perdono.

Ma, perchè, a volte, que' brìvidi? perchè, sulla fronte, quella procella d'idèe? e quelle pàvide occhiate? e quelle partenze improvvise, che imitàvan le fughe?

Or venne un dì, che il Nebbioso trovò la ragazza con gli occhi infocati...

- O tu - gli diss'ella sospirosamente - mi han raccontato una storia di orrore, la storia di Abele e Caino. È una bugia, vero? - aggiunse, illuminàndosele il volto di una lieta certezza.

Ma la certezza non fu che un lampeggio. Chè esterrefatto, il Nebbioso si nascondeva la faccia con ambo le mani, e fuggìa. Fuggìa, come cacciato dal fiammeggiante brando dell'àngelo di Abele.

***

Dalle quali sue assenze, alcuna volta lunghìssime, ritornava egli sempre con qualche selvaggio dono per lei... Èrano, o frutta dagli ingenui gusti o gagliardi fiori olezzanti il perìcolo; èrano gemme strappate alla inonora oscurità e ridonate al pregio del lume; èran pugnaci aquilotti, ancor trapassati da quelle saette, cui essi medèsimi avèano dato, a raggiùngerli, l'ali; o belve zannute, ch'egli gettava a' piedi di lei, tinte del sangue loro e del suo, e, benchè morte, odio immortale spiranti.

Senonchè, un giorno, fu il dono un innocente augellino; di quelle voci vestite di penne, figlie d'arcobaleni e di echi di melodìe.

- E tu avesti cuore di uccìderlo? - dimandò Forestina, avvicinàndosi il poveretto alla mòrbida guancia, quasi per ridonargli il calore.

- Non te l'avrèi, altrimenti, potuto portare - Mario rispose. Ma a mezza voce rispose, come se già sentisse la vanità della scusa.

- E, questo, chiami portarlo? - ella disse, stendendo la palma ver' lui, e sulla palma, freddo e stecchito, l'ucciso.

Il Nebbioso fe' un gesto di raccapriccio, e additando violentemente sè: io l'infame! - sclamò - io il vile! - Ma, pochi dì poi - mare e cielo infuriati - fu, quell'infame e quel vile, veduto a scagliarsi nelle ingordìssime onde, strappando loro la preda di un bimbo.

***

Cinque anni si sono aggiunti al cùmulo delle memorie. La ragazza è diventata fanciulla. Amore die' l'ùltimo tocco al Belliniano suo viso, non bello tutto, e perciò appunto bellìssimo. E i suòi compagni d'infanzia, che già dividèvano seco l'allegra spensieratezza, per lei sospìrano ora e sògnan di lei.

Nè la malinconìa, questa nutrice del bene, questa inevitàbile amica di ogni gentile, disdegnò la fanciulla. Soavemente la tonda gota affilò. Forestina, che, quando ridèa, ridèa tutta, o se piangèa, tutta piangèa, ora, velata di pianto, sorride, o canta di gioja col singulto nel cuore. Spesso la invade un senso di copioso bisogno, spesso rimansi estàtica in una indefinita attesa. E allorchè

33

mira, scolorando, alle nubi non scorge nubi soltanto, e allorchè impòrpora al fuoco, non sente solo il calor della fiamma.

E la fanciulla non chiede più baci al Nebbioso, nè questi osa farne, e si pèrita, a volte a darle del tu, e, perfino, a toccarle la mano. E se imparadisa, immergendo lo sguardo nell'aurèola dei capelli di lei e nelle cilestri profondità de' suòi occhi e fra le labbra succhiose, inferna, scorgèndole in seno fiori ch'ei non ha colto, o sul ciglio làgrime ch'egli non provocò.

***

Era giunta la chiusa della mietitura. Si usava, nella colonia, di festeggiarla con una generale allegrìa, e, quell'anno, si scelse il teatro. Trè carri formàrono il palco; festoni di spighe e frondi di abete l'addobbo; fu la platèa un prato; fu il cielo stellato, il velario.

Quanto al dramma, era pasticcio del Letterato. Egli ne avèa, naturalmente, attinto il soggetto al pozzo inesaurìbile della Bibbia, ed era, il soggetto, Giuseppe e i fratelli. Ma, non mai, aveva egli sudato fatica più dura di quella di allora, nel dovere scartare man mano le ribalde espressioni, che una nativa nequizia gli affollava alla penna, o nel temperarle di artificiata bontà. Infatti, conversioni complete (conversioni, intendiàmoci, al bene, chè, per le altre, succede appunto il contrario) non se ne danno che nelle vite dei Santi, e, anche là, a tutto pasto di fede. Virtualmente, Aronne, era un briccone nè più nè meno di prima; lo era, come i compagni suòi, lo era, come il più di noi tutti. Oh quanti mai, scellerati nel santuario del cuore, sol rattenuti dall'opinione e dai còdici, sàziano in letterarie od artìstiche fantasìe le infamie che impunemente bramerèbbero còmpiere; oh quanti, nel bujo imaginoso della notte, sciolti da ogni paura e vergogna, sfògano col cervello i lor più malvagi appetiti, giacendo insieme alla madre maritalmente, uccidendo i lentìssimi genitori e i coeredi fratelli, nè li tornando alla vita, che per tornarli a morire in più atroci ingegnose maniere! Guài se la legge arrivasse ai pensieri! Non sopravanzerèbbero giùdici.

Ma gli uòmini, per fortuna, se sono birbe al minuto, pônno anche, all'ingrosso, passare per brava gente; tanto è ciò vero, che la platèa applaudì alla Virtù sfortunata, e, al Vizio trionfante fischiò.

Giovinetti e fanciulle èran gli attori. Bellìssimo, sovra ogni altro, il Giuseppe. Sul viso di lui, che ancor serbava la mamma, Bontà e Salute con Letizia lor figlia stàvano in pieno fiore. Vedèndolo, non si poteva non ricordar Forestina, come, vedendo costèi, non ricordare quello. Imaginate i tormenti di Mario! Mario avrebbe voluto attossicar con gli sguardi quel giovinetto; la gelosìa dei dòdici Giacobiti non sommava alla sua.

Ma l'incolpèvol Giuseppe ha trapassato, intatto, ogni insidia; non gli fu la prigione che scorciatoja alla reggia; ed ora egli gusta la soave vendetta di sentirsi implorare la vita da quelli stessi, che avèano alla sua tramato. Dinanzi a lui, stanno - umili e tremanti - i fratelli, e stà Beniamino. Beniamino era lei. Com'ella apparve, radiante di vereconda bellezza, un grido giulivo si alzò; com'ella aperse le labbra alla melodiosa sua voce, un trèmito di simpatia di vena in vena si sparse. E tutti la baciàron con gli occhi, e Giuseppe la baciò con la bocca.

Fremette Mario. Quel bacio gli era stato rubato.

CAPITOLO IV.

Il rifiuto

Quando, l'alba seguente, il Beccajo affacciossi alla porta della sua casa, a sgombrarsi la mente, come il ciel si sgombrava, dalla pàvida notte, trovò Mario il Nebbioso che lo attendeva a pie' fermo, tinto del color di quell'ora. E Mario piantàvagli in faccia due occhi di brama, e l'inchiesta:

- Mi odii tu? -

Gualdo, stupito, il fisò, mentre gli si componèa nel capo il senso della domanda; poi:

- Odiarti... io? epperchè?... Io non odio nessuno.

- Mi ami dunque? - ridomandò Mario.

Ambo le palme gli stese con amico trasporto il Beccajo, e disse:

- Non c'è ragione perchè non ti debba...

- Mi ami... come? - interruppe il Nebbioso nel pigliargli le mani e ansioso gliele stringendo.

- Ti basta un amico?

- Solo un amico?... non più di un amico!

- Che vorresti di più? -

Mario taque un istante. Nùvole di pensieri in battaglia fra loro, gli ottenebràvano il volto.

- E come un padre? - proruppe. E spessamente serrava a Gualdo le mani, e aspettava ch'ei rispondesse ad una dimanda ancor non osata; ma, veduto, che quello, nonchè non venirgli all'incontro, non lo intendeva neppure, gli si gettò, di colpo, ai ginocchi, piangendo: Gualdo! dammi in isposa tua figlia. Disperatamente ardo. -

Il Beccajo arretrò spaventato.

- A tè! - fece (e lo appuntava col dito) - A tè? - ripetè, con un guardo che era tutta una storia.

Ma, fra i singulti, il Nebbioso levò a lui una faccia sì traboccante d'innamorato dolore che il ribrezzo di Gualdo dovette cèdere tosto ad un senso di compassione, di simpatìa, perfino di assentimento. E Gualdo avrebbe anche assentito, se non avesse potuto ancor dire:

- È tardi, o Nebbioso. Mia figlia è già ad altri promessa…

Il Nebbioso si alzò, improvvisamente torvo:

- Me la dai? - chiese in un tono, che minacciava pregando.

- No - disse netto il Beccajo.

- Me la dai? - tornò a chièdere Mario; e dal velluto della sua voce già lampeggiava l'acciajo.

- No! - ripicchiò Gualdo risolutìssimo.

Il Nebbioso lanciògli un insulto, e gli si tolse dagli occhi.

Per qualche tempo, nessuna nuova di lui.

Ma una notte, in cui Forestina avventuràvasi sola per la campagna deserta, pascolando col canto la sua amorosa mestizia, fu, a un tratto, da nerborute braccia afferrata, imbavagliata la bocca, rapita.

CAPITOLO V.

L'amore di Mario

Pel gèmito delle foreste e la notturna paura, per traccie che a lui solo èran vie, il rapitore cammina e cammina, ancor nell'abbrivo della intrapresa, mezzo correndo per quanto l'erta salita e la soma concede, senza guardare lei che più non lo guarda.

Ma, d'improvviso, s'accorse che la fanciulla era gelo.

Giungèa egli, in quel punto, a uno spiano, cinto di audacìssimi abeti. Il raggio lunare vi si versava senza risparmio, e nel pallor di quel raggio, parve che il càndido volto di Forestina imperlasse ognor più, abbandonata, com'era, sulla spalla di Mario, le molli braccia fluenti.

Mario ne sobbalzò. Egli temette che il sonno non si dovesse più distaccare da lei. E corse, con la svenuta, alla soglia di una vicina spelonca, un de' suòi luoghi di posa, ve l'adagiò sopra un tàlamo d'erba, e a lato le si fe' ginocchioni, sentèndosi sciorre la rabbia in pietà e la pietà mutarsi in disperazione.

Ma già la fanciulla avèa riacceso i grand'occhi, e con un filo di voce, che parèa un sospiro: che ti ho fatto? - chiedèa.

Brillò la trèmula voce nelle ìntime fibre di lui, e le tenne, finchè ci svanì, oppresse. Mario il capo abbassò, abbassò le pupille, avrebbe voluto inabissarsi tutto. Ma, cessata la voce, ecco tornargli, da ogni banda, la rabbia, come il mar rifluente che anela riassoggettarsi la spiaggia.

- Che hai fatto? - ei gridò, scattando in pie' minaccioso - hai fatto di un leone una lepre, di un uomo un pupazzo. Vedi, a che mi avvilisti in cinque anni!... Io, fuori da quello sciame di servi che ha nome umanità, senza desìo di amici, nè di nemici paura, senza il puerile bisogno di fabbricarmi menzogne per crederle, vivevo in una eròica quiete, in una divina apatìa; vivevo, legge a mè stesso, fruendo, indiviso e purìssimo, il più prezioso dei doni, la libertà. E tu... tu me l'hai tolto. Tu mi adescasti, o maliarda, a sospirar la catena, me l'apprendesti a portare, mi hai piegato a baciarla. Per tè, conobbi il sapor del mio pianto, il suono del rìder mio. Da tè, quell'amore che mi facèa vilmente desiderare un'offesa per perdonarla, e quell'odio da avvelenar, coi voti, il creato. Da tè gli entusiasmi, gli abbattimenti da tè. E, più che altro, tu sei giunta, tu sola, a quanto gli uòmini con la loro artefatta giustizia non sarèbber mai giunti, a innestarmi il rimorso, l'inuccidìbile tarlo, la pena di tutte le pene... Ma io mi riconquisterò - aggiunse, e già l'estro omicida gli balenava nelle pupille - ma io ti sacrificherò, o intrusa, all'amante che mi obbligasti a tradire. Morte a quelli occhi che affascinàrono i mièi!... morte a quella gloria di chiome, che mi allacciò, capello a capello!... morte a quelle labbra bugiarde, di cui era affamato! Io sazierò l'arsura della vendetta nel tuo sangue... di rosa. Tutta, tutta, io ti voglio annientata, tu che nascesti sì bella per viemeglio ingannare; tutta, o sole che m'incendiasti! assassina della mia pace! -

Die' la fanciulla un lamento, e disse: continua e mi hai morta.

- Una morte è poca - ei ritorse.

- Risparmia almeno l'attesa! - supplicò Forestina.

Ma, con lentezza, colùi:

- Teco, l'èsser pietoso, è delitto. Tu dovrài prima penare un ben altro morire. Nostra verissima morte è quella dei nostri amati: io spegnerò, prima, il tuo...

- Ah no! - sclamò la fanciulla.

- Lo spegnerò, sì - iterò inferocito il Nebbioso. - E, quella morte, egli la patirà goccia a goccia, e tu insieme. Tu lo vedrài perirti dinanzi, senza ch'egli ti vegga; tu lo udrài invocare il tuo nome, senza che tu gli possa rispòndere. Nè un ferro solo rosseggerà di tè e di lui, nè il sepolcro medèsimo vi accoglierà in un ùnico amplesso. E tu allora... oh allora soltanto! sarài tutta mia, eternamente mia.

- Perdono! - labreggiò la smarrita, giungendo palma con palma.

- Mai! - ruggì egli in pieno delirio. - Io lo ucciderò, quel tuo amante, fosse il mio amico... fosse il fratello...

Ma, alla parola fratello, Mario ammutì, indietreggiò, fisi gli occhi, stravolto l'aspetto, qual cui appare un fantasma. Piangèvano freddo sudore le pareti dell'antro, come le tempia di lui, e il vasto silenzio ingigantiva l'orrore... Ma, repente, ei si scosse. Gaudio selvaggio lo illuminava. - Sia! - sclamò. Sangue per sangue. Ànima offesa, bevi! - e, strappata di tasca una breve pistola, se la volse alla faccia.

La giovinetta alzò un grido straziante: - T'amo! - fu il grido.

Sparò la pistola e cadde. Senonchè, la mano di lui, alla voce, avèa dato uno scatto, e si perdèa la palla nei labirinti della caverna, svegliando gli echi degli echi, da sècoli addormentati.

CAPITOLO VI.

L'amore di Forestina

Tu mi ami? - egli fece con uno scoppio di gioja, balzando ver' la fanciulla, che già al suolo piegava, e rialzàndosela al petto. E le due ànime innamorate si fùsero in un lunghìssimo bacio.

- È amore, questo? - dimandò Forestina in uno sbàttito di voluttà, pinta la guancia di porpurea vergogna. - O Mario! sò che le ore in cui ti attendevo mi èrano le più lunghe e le più brevi quelle in cui ti avevo al mio fianco; sò che, quando apparivi, facèasi angusto al cuor rapidìssimo il seno, e m'imbragiava la gota, e per tè solo il pudore era pena... E sò, che a mè non parèa di avere occhi bastanti a mirarti, nè tu mai mi sembravi abbastanza vicino... eppure! a darti la mano temevo, ma, se la mano posava già nella tua, non più sapevo ritrarla; sò che, appoggiata al saldo tuo braccio, mi sentivo sicura e inturgidivo d'orgoglio… Eppòi, quando ti allontanavi, e già la distanza avèa superato la vista, l'ànimo mi si velava di una dolcezza amarìssima, gli occhi mi diventàvan lucenti, màdido il viso, e allora amavo i luoghi a tè cari, dove, meditando il tuo aspetto, allibivo, smarrita in un soave languore, in una soavità tormentosa… e sempre la notte... oh la notte! notte immensa... infinita! - E ora - ella aggiunse infiammando, misto al timore l'audacia - per tè, lascerèi lo stesso mio babbo, ed anche la mamma, se già in mè non siedesse per non partirsi mai più, e per tè mi sarebbe ben lieve il sacrificio di vita... ah che dissi! perdona... Non sacrificio; sarebbe un tripudio... Oh parla!... Mario! è così fatto l'amore? -

Mario, in un rapimento di cielo, meno intendendo di quel che sentisse, bevèa la voce di lei, flessuosa, come l'àrido suolo la pioggia. Ma il dolce timore di Forestina, piovendo nel feccioso suo ànimo, accrebbe in terrore; ed egli si svincolò dall'abbraccio, aggricciando e gemendo:

- Ah sapessi chi sono!

- Quello che io amo! - esclamò la fanciulla, riaviticchiàndosi a lui.

- Non toccarmi! - egli oppose con ansia. - L'ira di Dio è contagio.

- Dio non è che perdono - sorrise la giovinetta - Vèdilo in croce con le braccia aperte!

- Ma inchiodate - ribattè Mario sconsolatamente. - Vi ha colpe senza perdono. Dietro di mè cadde il ponte... Odiami!

- Neppur potrèi non amarti - ella fece.

Il Nebbioso esitò, commosso a tanta fiducia: poi:

- O Forestina! - seguì dicendo mestìssimo - I morti vanno obliati. Chiusa è per sempre la tragicomedia della mia vita. Io non sono più mio; son del rimorso, spàsimo muto, insaziàbile fame... Perchè tu devi sapere (e oh meglio sarebbe che la tua vèrgine mente potesse ignorare pur i peccati non suòi) devi sapere, che in ben altro paese, lontan lontano da quì, in altri tempi lontan lontani da questi, anch'io avèa un padre, un padre al quale non si sarebbe potuto rimproverare se non la troppa clemenza, e che per mè avrebbe dato tutto il suo sangue, se la metà non fosse spettata a un secondo suo figlio. Ed ei faticava per noi, e si struggèa, e pregava. Io intanto, giuoco di una petulante salute e di un riottosìssimo ingegno, gozzovigliava, impaludato nei vizi, per le taverne e pei chiassi, tra falsi liquori attizzanti a più false passioni, tra pestìferi baci appigionati e contati, tra gente, la quale, fuorchè onesta, era tutto... Or mi potresti tu amare?

- Il Signore ti perdonerà, chè non portasti la taverna nel tempio - proferì la fanciulla in accento di fede.

- Ma nella taverna - ei riprese - si dileguava il paterno risparmio e l'ingenuo rossore, ma il clandestino addentellato dei vizi spargèvami innanzi, a mè sfiancato e ubbriaco, un mazzo tentatore di carte. Ed io giocài... e perdetti: non ero ancor tanto furfante da vìncere ai bari. E, tuttavìa, colùi che a mè dava una fàcile gioventù, e al quale io, in compenso, apparecchiavo una vecchiaja di stenti, trovò scuse al mio fallo che io stesso trovar non potèa, e il babbo pagò di nascosto del padre. Ma inutilmente pagò. Diminuisce il pudore, aumentando il delitto: nè io più chiesi, esigetti; non più esigetti... gli tolsi... Mi ameresti tu ancora? -

Trasalì la fanciulla; pur disse:

- Tuo babbo, in cuor suo, ti avrà ringraziato, chè non togliesti ad altrùi...

- Ma intanto - interruppe il Nebbioso con sempre crescente emozione - pur perdonando, sanguinava quel cuore, e già il bersaglio era scarso a così spesse ferite. Venne una notte, in cui, a me nel bagordo, fu susurrato di un padre e di una agonìa... Balzài... Come in un sogno, corsi alla casa natia, implorài di vederlo. Era la prima volta, dopo tanti anni, che comparissi da lui per chièder solo di lui. Ma, sulla porta, ecco il fratello, che mi contende l'entrata, e mi dice - (e quì il Nebbioso chinò turbatìssimo il capo) - fuggi! sei maledetto. -

Angelicamente subentrò Forestina:

- La maledizione di un padre non arrivò mai al Signore. A Lui non arriva che ciò che parte dal cuore, e il cuore di un padre non può maledire.

- Ma io - fe' disperato il Nebbioso - io... Còpriti il volto, o fanciulla!... ho ucciso il fratello! -

Forestina esalò un gèmito lungo.

- E or ripeti che mi ami! -

Ella taque. Era pietra.

- Vedi! - diss'egli cupissimamente.

***

Albeggiava.

Si udìano voci. Il Nebbioso saltò all'aperto su 'n masso che soprastava al pendìo, e apparve staccando nel mattinale chiarore. Ma, sì tosto, un rintrono:

due o tre palle, fischiando, schiacciàronsi contro le rupi.

Amore die' un acutìssimo strido; rifatta è carne la pietra; e già Forestina, precipitàtasi a Mario, lo ha circonfuso di lei, gridando:

- Uccidètemi seco, io l'inseguitrice! -

FINALE

La patria

Altìssimo il sole. Scintillava dovunque un aureo polverìo, e parèa il mar rutilante, non aqua, ma un mare tutto di luce. E, d'ogni parte, gente traeva alla spiaggia, fiso ogni sguardo alla rada e ad una balda fregata.

Era quella la patria, tanto narrata dai vecchi e tanto dai giòvani udita, la già invisa patria, e, ora, il più intenso sospiro. E, a chi, ùltimo accorso, impallidendo ristava, era detto, come Aronne si fosse recato alla nave e come lo si stesse attendendo di minuto in minuto. Tutto intorno, volti su cui la tema e la speme alternàvano i loro colori. Ai gruppi si aggiungèvano i gruppi, e, tra essi quello spiccava del Nebbioso e di Gualdo, ritti in pie', mano in mano, silenti, intanto che Forestina, in mezzo assisa su 'n cespo, sembrava seguire, co' suòi, i lor guardi, sempre incontrando però, nel raggio visivo, le clàssiche forme di Mario.

Infine, la canòa di Aronne si distaccò dal fianco della fregata, e tosto venne raggiunta da una scialuppa e da un'altra, lucicanti di oro e festose del nazionale stendardo.

I palischermi pigliàrono spiaggia. Fu un serra serra l'accòglierli, fu un tumulto di affetti, cui riverenza era dèbole freno. Discèsero marinài, discèsero officiali, e un capitano di austera fisionomìa. E, secolui, scese Aronne, il quale, a coloro che ansiosi gli si pressàvano intorno, bisbigliò un: - tutto bene - che, come lampo, di bocca in bocca trasmesso, suscitàvasi dietro un giubilante rumore.

E, allora, accompagnato da Aronne e dagli officiali e dalla folla di tutti, il capitano passò a visitare il villaggio, casa per casa. Intanto, Aronne, a seconda dei luoghi, gli narrava la storia, ora trista, ora lieta, della colonia, dal tempo in cui, d'uomo, non possedèvano essi che il nome, quando cercàvano, pazzi, il proprio vantaggio nel danno altrùi, finchè, svegliati dal loro stesso russare e fiorita la tardiva saggezza, si riducevano a forza nell'umano diritto; e narrava come allor la sventura apprendesse la felice fortuna, il bisogno il soddisfacimento, l'Anarchia lo Stato, mentre la non mai zitta incontentabilità nutrìa il progresso, sostituendo ad una forzata eguaglianza nella miseria, la innata provvidenziale disuguaglianza.

Dal qual racconto, nelle interlinee, chiaramente appariva, come, non tanto le dèboli voci della coscienza morale, quanto le fìsiche necessità, avèsseli spinti al bene comune, cioè alla giustizia, e come - dal non offènder la legge per volontà, spontaneamente passati a non offènderla per abitùdine, e dal rispettarla per timor della pena, a rispettarla in omaggio a lei sola - guidando poi la travagliosa nequizia all'ìlare probità, fòsser venuti a obedire norme nella legge non scritte, per giùngere fino - rieducatosi il cuore - a quel più del dovuto, che è il beneficio.

E il capitàno, che, in sulle prime, non solo si manteneva in una guardinga impassibilità, ma già tesseva i lacci di cavillose interrogazioni, inoltrando il racconto, cominciò a intenerirsi; tanto che, spesso, gli fu veduta scòrrer la mano sul ciglio... per aggiustarsi un non scomposto cernecchio, o il fazzoletto sul fronte... per asciugarsi un non spuntato sudore. E spesso, egli interruppe il narrante con espressioni di tenerezza e stupore, o con la insistente richiesta che quello si ripetesse; poi, come tutto fu detto, non potè trattenersi di offrirgli, con espansione, la destra.

Ma il Letterato càddegli innanzi a' ginocchi:

- Morte! - egli disse - ecco quanto ci spetta. Una colpa non è cancellata finchè si rammenta, e le nostre vìvono ora in noi più che mai. Rendèteci le antiche leggi, se anche per esse ci si renda al castigo; rendèteci la patria nostra!... Non la chiediamo per noi, che ne siamo indegnìssimi, ma per i nostri figliuoli, che non l'offèsero mai. -

I deportati s'inginocchiàvano tutti.

Ed ecco, il commosso officiale, in pie' nel mezzo di loro, alzare al cielo uno sguardo di gratìssima prece, e già trasparèndogli in viso il più felice segreto, trarsi un rotoletto di seno, e svòlgerlo lentamente.

Il silenzio era colmo. La voce del capitano lo ruppe, leggendo:

«Uòmini fratelli!

«Già la vostra domanda era scesa nell'ànimo Nostro.

«Egri eravate; non vi spegnemmo; guariste. Da ogni vizio, virtù. Roma, covo prisco di ladri, diventò nido di eròi!... Siate Roma!

«Noi - obliando - ridistendiamo la mano su voi.»

Un'esplosione di gioia nascose la voce del leggitore. Tolti i confini, i due campi èrano fatti uno solo. Non più giùdici e rei; non più stranieri a stranieri:

figli si ritrovàvano tutti di una medèsima terra e di un equànime padre. Da ogni parte, baci. Baci al reale diploma, baci alle mani di chi l'avèa apportato e al volto de' marinài. Era uno strano miscuglio di scoppii di risa e di pianto; parèa perfino che l'entusiasmo, passeggera follìa, si tramutasse in follìa, duraturo entusiasmo.

E, quel dì, la colonia ebbe statuti e governo e il titolo di Felice, essendo Gualdo ed Aronne gli eletti a tutelar quelle leggi, di cui essi èran stati i principali violatori. Ne farà meraviglia, che un sì memoràbile dì, fosse chiuso da un solenne banchetto - un banchetto sul lido, sotto un'ombrella di fronde, e in veduta alla nave pavesata a gran festa. Or, chi mai può contare le volte della coppa fraterna? Dalla Legge al Sovrano, dalla Famiglia alla Patria, tutto si brindeggiò; non obliati, s'intende, in tanto toccheggiar di bicchieri - tra il furor degli applàusi e il cannoneggiamento della fregata, che rimbombava di convalle in convalle - i beneaugurosi sponsali di Forestina con Mario.

Donde ha principio la Colonia felice.